# 螳螂日記簿

台灣螳螂全圖鑑＋
全球罕見物種特輯

黃仕傑

著

MANTIS

## 目錄 CONTENTS

　　忘了什麼時候開始認識阿傑這位可愛的陽光大男孩，只覺得有他在的地方，就有熱情與歡笑。印象最深刻的是他帶著日本學者大林延夫和山迫淳介博士到我辦公室聊天的那一次，我向他展現在美國史密森博物館購買的模擬螳螂複眼的玩具眼鏡，具有赤子之心的阿傑，立刻戴著眼鏡和那些日本學者玩了起來，整個辦公室瞬間充滿了歡樂，就在那時我看到了阿傑的真與稚。

　　猶記我大一剛唸昆蟲系時，在某次因緣際會中，取得了剛從螵蛸出來的斧螳若蟲，我將牠們當成寵物養在宿舍裡，然後每天到浴室捉蛾蚋給牠們吃，許多女生都用異樣眼光看著我。等螳螂大些，我再捕捉較大蟲子餵食，每脫一層皮，就以膠帶將蛻黏好，並寫下蛻皮記錄，還曾好奇地用繩子綁著蝗蟲屍體在螳螂前面晃動，看牠們會不會被騙而捕食。更荒謬的是，我當時還用黑色奇異筆將螳螂的複眼塗黑，看螳螂是否還能捉到獵物。當時的試驗結果已不復記憶，但肯定的是，所做的粗糙試驗只希望能更進一步瞭解既可怕又可愛的螳螂習性。如果阿傑的書早在我捉到螳螂前就出版了，搞不好，我會深受吸引而一頭栽進螳螂世界，成為螳螂分類學家。真是相見恨晚。

　　2003 年，當年唸東海大學的周倖瑜來科博館找我，表示她的學士專題討論想進行台灣螳螂的分類，這是我第二次與螳螂結緣。我鼓勵她多看看各個博物館的標本，先從標本開始練功，透過標本了解螳螂的形態、變異、分布及出現的季節時間，再到野外進行觀察及採集，有事半功倍之效。很高興她所發表的學士論文，也成了阿傑的重要參考資料之一。

　　科普書籍的撰寫看似簡單，其實非常不容易，尤其是自然觀察書籍更是困難，除了要有敏銳的觀察力、精確的知識和豐富的圖片輔助，最重要的是能深入淺出的將觀察到的行為及現象生動地寫出來。阿傑就有這樣的好眼睛、好技能和說故事能力，讓他的書得以

一本本的出，且本本暢銷。他的第一本《昆蟲臉書》拍盡各種昆蟲的臉，我們看到阿傑的細微觀察能力、高深的拍照功力，以及令人驚奇的想像力；第二本《帶著孩子玩自然》道盡各種培養孩子觀察力、好奇心及尋找答案的能力，我們看到阿傑對孩子的耐心、思考的全面性和豐富的遊歷經驗；第三本即是本書《螳螂日記簿》，則寫盡螳螂的形態、習性、棲息地、天敵、各國有趣螳螂種類，和飼養與應用等知識，我們看到阿傑在螳螂方面的專業功力、經年累月所拍攝的精彩圖庫，和對昆蟲的熱愛。下一本也令人期待。

曹雪芹在紅樓夢第一回中寫到：「滿紙荒唐言，一把辛酸淚，都云作者癡，誰解其中味？」是我以前指導教授最喜歡的一首詩，常用來表示他的孤寂研究生涯。這本書精彩絕倫，絕非荒唐言，但作者拍照的辛苦、對事情的執著與對大自然的癡迷，則在本書中一覽無遺，保證令人回味。

國立自然科學博物館副研究員

**詹美鈴** 博士於 2014 年 11 月

神祕祈禱者

1

# 草猴是螳螂

　　我忘了是什麼時候意識到螳螂這樣的生物,到底是 60 年代在公園中看到躲在花朵旁那小巧可愛的綠色小昆蟲;或是 70 年代六張犁墳墓山的花園苗圃中那窮兇惡極、張牙舞爪與我搶著捕捉蝴蝶;也可能是 80 年代棲息在森林底層,靠著身上偽裝的斑紋以為能騙過我的可愛模樣。

　　小時候的長輩與玩伴們都說那是「草猴」,就像我在《昆蟲臉書》中說過的,「螳螂手長腳長的模樣,或是行動時使用前肢在草上攀爬的動作,像極了猴子揮舞雙手穿梭在樹林間,所以得到這麼有趣的台語俗名。」

1　攀附在植物莖藤上如猴子般靈活(圖為日本姬螳終齡若蟲)。

# 螳螂的聯想

當螳螂以四足站立高舉捕捉足挺胸望著前方時，讓我直覺聯想到歐洲神話中的半人馬獸。螳螂也確實像電影《哈利波特》中的半人馬獸一樣，行動迅速，充滿戰力。

在我們身邊常能見到與螳螂非常相似的許多昆蟲，例如螳蛉、水螳螂、螳水蠅（*Ochthera sp.*）等，很多人看到這些昆蟲時都會充滿疑問，「為什麼這些蟲的前足與螳螂的捕捉足一樣？」以學術的角度來解釋，此稱為「趨同演化」，意思就是不同類型動物因應需要而發展出相同或是相似功能的器官，適應相同的環境。

1　水螳螂（Nepidae）的捕食動作與螳螂一樣。
2　盛開的花朵上常可見到螳蛉（Mantispidae）捕食小昆蟲。

3　台灣水棲昆蟲的霸主印度大田鱉（*Lethocerus indicus*）也擁有與螳螂相似的捕捉足。

# 螳螂的應用

還記得許多電影或卡通中都能看到螳螂的身影，大概因為螳螂是兇猛的獵食性昆蟲，所以絕大部分都扮演魔王或是反派的角色。

螳螂帶給許多藝術家創作的來源。精緻的擺飾品是以螳螂作為創作的靈感來源；生態畫家也以螳螂誇張的動作習性作為繪畫主題；小朋友的玩具也常與螳螂有關；更不用說中國武功中的螳螂拳，將螳螂各種動作融入武術當中。

對於人類而言，最實際的應用莫過於「生物防治」，許多有機農業不使用化學農藥，而利用螳螂天生的捕食功能來捕捉害蟲，因此有人嗅到商機，大量繁殖螳螂供應農民。到底螳螂還有什麼可以讓人聯想到的應用方式，這可要多花點巧思喔！

神祕祈禱者

1　戴上後模擬昆蟲 3D 視覺的螳螂面具（攝於國立台中科學博物館　詹美玲博士收藏）。
2　螳螂的紙藝品也可用於生態教育。

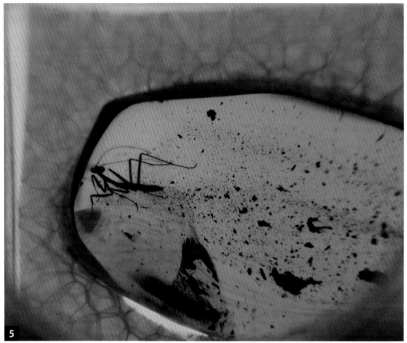

3  使用琥珀與貴金屬創造的螳螂藝術品（攝於國立台灣博物館　黃憶人先生
　 設計）。
4  以螳螂形象創造的工藝品（攝於國立台灣科學教育館）。
5  琥珀中的螳螂化石（攝於國立台灣博物館）。
6  螳螂生態也可以應用於國畫中（陳九熹老師作品）。

# 神祕的祈禱者

一般人對於螳螂這種奇特的昆蟲，總有著幾個簡略的認知，例如「螳螂就是那種綠色的昆蟲」、「會抓蝴蝶來吃」、「只出現在植物上」、「好像樹枝喔」、「牠的眼睛會瞪著人看耶」等。歐美國家對於螳螂的稱呼，與台灣的鄉土俗名「草猴」不同，而是充滿神聖想像的「祈禱者」。

停在樹枝或芒草上的螳螂，常會將前足（捕捉足）合攏放在胸前，頭往後仰、下巴抬高，這樣的動作確實與人類在祈禱時的標準姿勢相同。但是以生態行為的面向實際觀察時可以發現，螳螂這個祈禱的姿勢並非毫無意義。當牠們不動時，細長身體的延伸與植物融為一體，而前足就像樹枝或是新芽般，等待美味大餐經過眼前時「手到擒來」。

這是獵食者與被獵食者「爾虞我詐」的一場遊戲，當事者都以生命來參與。被獵食者可能是停棲在樹枝、葉面上休息、剛好路過，一旦被發現就會成為螳螂成長過程中的養分。而螳螂移動時的小動作也可能被發現，下一秒反倒成為鳥嘴下的犧牲者。對於觀察上殘酷的論點，我寧願相信螳螂將前足放在胸前的動作是為了自己與付出生命的食物而祈禱。

1 立姿優美的螳螂狀似祈禱者（菱背枯葉螳螂終齡若蟲）。
2 夕陽逆光下的蘭花螳螂充滿神祕感（攝於馬來西亞）。

神祕祈禱者

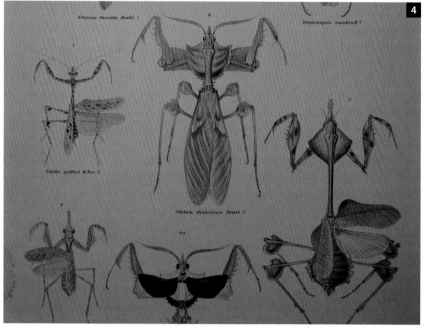

3　大口吃肉的名和異跳螳（攝於新北市石碇）。

4　1935 年發表的螳螂資料與圖稿，保存的非常完整。

# 螳螂的身體構造

　　揭開螳螂不為人知的生活之前，先帶大家了解螳螂身體各部位名稱。

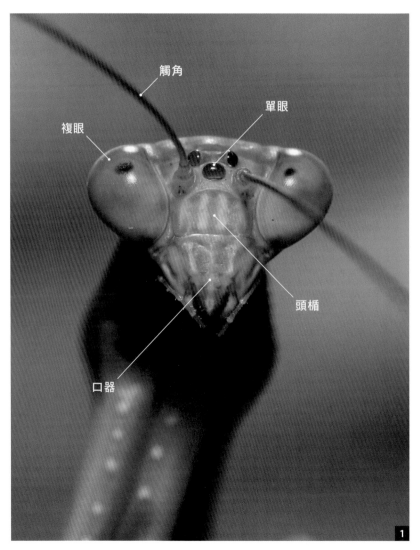

1　螳螂（圖為獅鳩螳）頭部的構造。

頭部

捕捉足（前足）

後足

前胸腹板

腹部

中足

2　螳螂（圖為圓胸螳）的正面。

尾毛

**3**

前胸背板

前翅

後翅

腹部

**4**

腿節

基節

脛節

跗節

轉節

**5**

3　螳螂（圖為澳洲樹枝螳）的尾端。

4　螳螂（圖為眼鏡蛇枯葉螳）的背面。

5　螳螂（圖為印尼雙盾螳）捕捉足的構造。

# 螳螂的衣食住行

**2**

# 國王的新衣

　　昆蟲是節肢動物中的一大類群，牠們外表特殊，常有出乎意料的奇怪造型，當然顏色也是五花八門，有的種類甚至是光鮮亮麗、珠光寶氣！但是這些昆蟲與其他動物最大的不同在於，牠們的骨骼不像人類是被肌肉與皮膚包覆，而是肌肉與器官被包在堅硬表皮的裡面，所以牠們的表皮稱之為「外骨骼」。

　　昆蟲的外骨骼硬化後不能再長大，所以當牠們的身體成長到一定大小時，原有的表皮會成為繼續生長的侷限，所以需要脫掉原有的表皮，讓身體可以繼續長大，這樣的生態行為就是「蛻（ㄊㄨㄟˋ）皮」，而有些比較口語的講法會使用「脫（ㄊㄨㄛ）皮」。

　　螳螂由卵孵化後，不停地成長到羽化需要經歷數次蛻皮。以我觀察的經驗來說，螳螂要蛻皮的前一天至兩天會停止進食，開始找尋陰涼、安靜的地方。因為蛻皮時牠們無法移動，也沒有保護自己的能力，只能靜靜地倒掛著等待蛻皮過程結束，所以蛻皮是螳螂生命中最重要的大事之一。

　　甲蟲與蝴蝶的成長過程為「卵、幼蟲、蛹、成蟲」，幼蟲的樣貌與成蟲完全不同，所以稱為「完全變態」；但螳螂的成長過程沒有蛹的階段，所以屬於「漸進式變態」。而且螳螂幼時樣貌與成蟲幾乎一樣，故稱之為「若蟲」。螳螂一生中因應身體不停成長需要蛻皮六至九次，所以若蟲齡期的計算方式為自卵中孵化後為一齡若蟲，待蛻皮後為二齡若蟲，再次蛻皮為三齡若蟲，以此類推。昆蟲學者及玩家多以英文代號來表示螳螂的齡期、一齡為 L1、二齡為 L2、三齡為 L3 等等。

　　常聽到人說螳螂在蛻皮羽化，其實最後一次蛻皮才稱為「羽化」。大部分人都有同樣的疑問：「為何一樣是蛻皮，但最後一次的蛻皮才是羽化呢？」據古書《搜神記》第十三卷中記載：「木蠹生蟲，羽化為蝶」，意思就是昆蟲由幼蟲（若蟲）轉變為成蟲的過程。

1　半翅螳雌蟲羽化中。

# 麗眼斑螳羽化

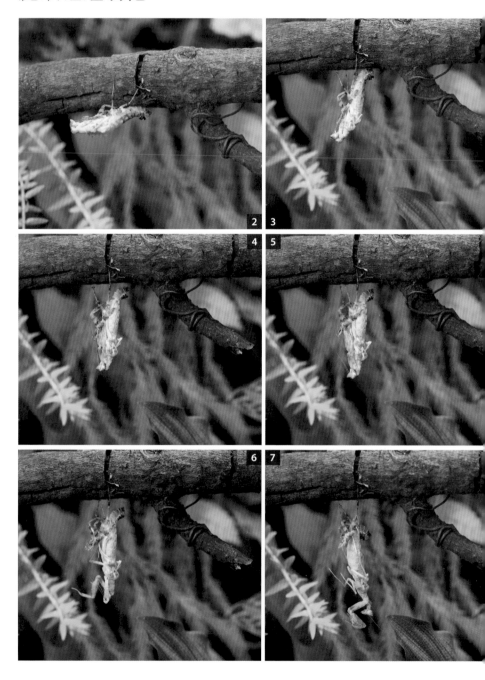

2　剛突破舊皮。

3　頭部與前胸脫出。

4　翅芽與腹部脫出。

5　觸角完全脫出。

6　捕捉足與中足脫出。

7　後足準備脫出。

8　安全脫出後攀爬至樹枝上。

9　體液輸送至翅芽。

10　展翅中。

11　收翅後羽化完成，等待定色，全程約三至四小時。

# 變裝的祕密

　　我們以一般常見的綠色螳螂：寬腹斧螳（舊稱寬腹螳螂）或台灣巨斧螳為例（舊稱台灣寬腹螳螂），成蟲體色多變，除了常見的綠色型、夏末秋初的黃色型之外，還有迷彩型。目前對於斧螳黃色型成蟲出現原因的探討，依我在國內外（東南亞國家）觀察與好友們觀察的紀錄，通常發現的時間點在每年的 8 月份以後，尤其 9 月至 10 月最常見到。這時時序已經準備進入秋季，依照成長時間計算，這批成蟲當時孵化的時間點應該是 6 月底或 7 月初的夏季。若蟲在枝葉間活動時身體的顏色與深淺，關係到牠生命的安全與否，所以有可能是牠們對周遭環境顏色或是光照的反應，一次次的蛻皮後讓體色跟著環境變化以保護自己不被天敵發現。

　　這樣的情況也出現在動物界非常有名的偽裝昆蟲「葉竹節蟲」（葉䗛）身上。根據馬來西亞當地朋友的敘述，同一種類的葉竹節蟲常有各種不同的體色與斑紋，長期觀察後發現與乾季、雨季（雨林沒有春、夏、秋、冬季節之分，只分乾、雨季）存在相當大的連結，而且牠們的體色與花紋也會與寄主植物非常相近，是否為了保護自己所以慢慢變得與環境相似？這點目前還沒有任何研究數據可以證實，以上都是我的經驗談與大膽的推論，真正的答案還是需要相關研究分類人員來解謎。

1

**1** 體色與棲息環境相似的巨人葉竹節蟲（*Phyllium giganteum*，攝於馬來西亞）。

2 寬腹斧螳綠色型雄成蟲（攝於富陽生態公園）。

3 寬腹斧螳迷彩型雌成蟲（攝於新北市板橋）。

4 斧螳黃色型雌成蟲（攝於泰國清邁）。

5 與枯葉殊無二致的眼鏡蛇枯葉螳（攝於馬來西亞）。

6 隱身於地衣苔蘚上的樹皮螳（攝於馬來西亞）。

# 酷炫的花紋

　　日本古裝劇中的忍者常為了執行任務，身上帶著各種不同的布塊，遇到危險時可以依照環境將不同的布塊掩蓋在身上，以逃過敵人的追擊。螳螂天生就有這樣的忍術，因為牠們生長的環境可能是新芽綠葉、苔蘚和枯枝。這些環境中不是只有螳螂一種生物，還有許多形形色色的掠食者正在找尋不長眼的美食，在爾虞我詐的自然生態中，每一種生物都需要使出渾身解數，避免被生吞活剝。

　　常見的如樹皮螳（中國稱為石紋螳），牠們身上與翅膀的花紋顯示牠們在長滿苔蘚的樹幹或是石頭上可以騙過敵人，當然也包括你我。名和異跳螳（微翅跳螳）嬌小的身型與枯黃的體色剛好符合牠在森林底層活動的習慣。台灣雖然沒有枯葉螳，但是產在中部以南的大異巨腿螳（拳擊螳）成蟲的體色與翅膀的斑紋也有偽裝成枯葉的效果。所以我們可以由螳螂身上的花紋大概推論牠們棲息的環境。

1

**2**

1　不動的幽靈枯葉螳就像枯葉般讓人無法分辨。
2　名和異跳螳隱身在落葉枯枝中。

3　廣緣螳（台灣稱為樹皮螳）的體色與樹幹上著生的蕈類、苔蘚非常相似。
4　體色偽裝成苔蘚地衣的角胸奇葉螳。

# 耍帥的裝飾

　　許多螳螂就像喜愛追趕潮流的年輕人，身上戴滿各種時尚的裝飾品，但是這些裝飾絕不僅僅是趕流行這麼簡單，而是為了賴以求生而特化出來的奇異裝扮。

　　有的種類喜歡將各種冠狀裝飾頂在頭上，偽裝成枯枝、落葉和嫩芽，各有巧妙之處。腳上的裝扮也不含糊，形狀特別的葉狀突起就像穿了一雙美麗的襪子般，幫助自己隱身在環境中。身上當然也要做文章，腹部兩側是各種偽裝突起、爭奇奪豔的好位置。這些我們看來美麗、有趣、奇異的裝飾在螳螂的身上，可是肩負著隱身在自然環境中的重大責任呀！

1　魏氏奇葉螳頭上的犄角乍看下像是樹枝。

**3**

**4**

2　幽靈枯葉螳頭上的犄角則是偽裝成枯葉狀。
3　角胸奇葉螳腹部側邊的葉狀突起讓牠更能隱身在環境中。
4　刺花螳若蟲身上的棘狀突起讓她更像一朵花。

# 大與小的差別

　　螳螂成長的過程中會不斷長大，若體型越大，當然保護自己的能力就越好。但是剛由卵中孵化的小螳螂該怎麼自保呢？我曾在野外觀察時發現某種小螞蟻的動作非常特別，就是講不出哪裡怪，在我蹲下拍照後才知道這是一種螳螂的若蟲。

　　台灣的螳螂中有幾種非常低調，剛孵化的樣貌會讓人以為是某種螞蟻，其實，這些若蟲非常有可能以擬態成螞蟻的方式躲避天敵。也許有人會問：為什麼要擬態成螞蟻？不要看螞蟻這麼丁點大，其實螞蟻相當凶悍，尤其一群螞蟻團結在一起時，連大型的天牛、獨角仙也會被大卸八塊。所以螳螂若蟲外觀像螞蟻，可能讓許多天敵看到後大倒胃口而不去捕食牠們。

　　當螳螂成長脫皮後，花紋與顏色也會開始改變，以台灣的綠大齒螳（舊稱台灣花螳螂）為例，一齡（剛由卵中孵化）為黑褐色，二齡時維持黑褐色，三齡時背後開始出現橘紅色，一對捕捉足變成橘紅色，另外兩對步行足也開始呈現綠色。四、五、六齡時，背後的橘紅色開始擴大並且顏色更淺。最後一次脫皮羽化成蟲後，體色則會轉變為綠色。

**1** **2**

**3**

1　剛孵出的日本姬螳一齡若蟲體色、大小與黑棘蟻很像。
2　一窩剛由螵蛸中孵出的綠大齒螳，朋友直說這是一窩螞蟻。
3　名和異跳螳的一齡若蟲只有 2mm 長，與家中的小黃家蟻非常相似。

# 可口的大餐

　　螳螂是肉食性的昆蟲，牠們無時無刻都在捕捉其他生物為食。剛孵化的螳螂若蟲因為體型嬌小，所以捕抓枝葉間或是底層落葉堆中體型比較小的動物為食。一次次蛻皮長大後活動力也變強，捕食的昆蟲也開始多樣化，蜜蜂、蝗蟲都是牠們的獵物，等到成蟲後，大型蝴蝶、壁虎都會是牠們的食物，在國外甚至曾有大型螳螂捕食蜂鳥的紀錄。

　　基本上螳螂獵捕的方式為隨機捕捉，凡是經過牠面前的生物，只要體型符合牠的要求，都會毫不猶豫地伸出那狀似鐮刀的捕捉足將之獵捕。而且觀察後發現，螳螂是種相當有耐性的昆蟲，萬一沒抓到，牠會再次出手捕捉，甚至是尾隨獵物逃脫的方向追去，直到成功捕獲為止。

　　螳螂不會放過任何送上門的美食，目前我所觀察過牠們捕食的獵物可說是五花八門，從微小的蚜蟲、薊馬、跳蟲，果蠅，小型昆蟲的蜜蜂、椿斯、蝗蟲、蒼蠅、蛾類，到大型的昆蟲、蜻蜓、鳳蝶、各種蟬，還有蜘蛛，甚至是守宮、壁虎、幼蛇等。

　　螳螂究竟是如何捕捉這些生物，還有捕捉時的快、狠、準，且讓我們由連續照片來一窺究竟。

1　捕食壁虎的寬腹斧螳。
2　台灣巨斧螳爬上盛開的
　　花朵邊等待蝴蝶訪花。
3　躲在花下蓄勢待發。
4　不知情的黑鳳蝶被埋伏
　　的螳螂捕食一瞬間。
5　豪邁地大快朵頤中。
6　兩三下清潔溜溜，等待
　　下隻獵物出現。

**1**

**4** **5** **6**

# 活動的地盤

## 居家周邊

　　市區周邊較有機會發現螳螂蹤跡的地方通常是學校或是公園，在等待開發的荒廢地裡也常可發現螳螂。螳螂是昆蟲界中的上層掠食者，所以需要有足夠的食物。而這些綠地、公園的植物剛好可以讓許多昆蟲棲息，這樣才有足夠的獵物供給螳螂捕捉為食。但是居家周邊對於生物來說畢竟是較為苛刻的環境，所以能在此生存的螳螂種類也不多，通常只能發現較有韌性的寬腹斧螳，還有刀螳、薄翅螳等種類。

## 郊山農村

　　還記得小時候住在山區周邊，常在晚上的路燈下發現許多趨光的昆蟲，這時都會看到螳螂捕捉這些昆蟲為食，或是在燈下不停地飛行盤旋。這些近郊的山區可能是雜木林或次生林，綠色的植被孕育了豐富的昆蟲相，而且提供給各種昆蟲躲藏的空間，所以這個區域能發現的螳螂種類更多。除了常見的斧螳、刀螳、薄翅螳外，還有半翅螳、汙斑螳、綠大齒螳、姬螳、名和異跳螳等，是最適合觀察螳螂生態的好地點。

## 原始森林

　　我近來常跑台灣或東南亞各地山區，發現只要是較未被開發破壞的原始森林，無論是低海拔闊葉林或是中海拔雲霧帶，都是找尋各種特殊或稀有螳螂的好地點。但這些地區的螳螂通常有產季之分，而且森林中各種附生植物、蕨類苔蘚生長茂密，提供絕佳的隱蔽處所，所以需要花更多的心力才有機會一睹牠們的真面目。這些地方可以觀察到的螳螂除了常見種類以外，還有魏氏奇葉螳、大異巨腿螳、樹皮螳、角胸奇葉螳（舊稱角胸屏頂螳）等。簡單來說，環境完整，沒有經開發利用，能發現的螳螂種類就越多。

1　住家旁的公園、
　荒廢的綠地是帶
　孩子觀察螳螂的
　好地點。

2　市區旁的郊山、
　步道可以找到更
　多種類的螳螂。

3　許多稀有的螳螂
　種類棲息在完整
　林相的森林中。

# 長臂舞刀的捕捉足

　　螳螂與一般昆蟲同樣都是三對足，但是牠的腳可不是單純支撐身體或是移動的功能而已，胸前那一對勇猛非常的捕捉足是維護生命最重要的工具。

　　仔細看看，捕捉足的脛節與腿節上長滿尖銳的棘刺，在捕捉獵物時棘刺可以牢牢固定住牠們，避免獵物逃脫。這些棘刺還是辨識螳螂的密碼所在，腿節上棘刺的排列與數量，基節上的突起與花紋，都是研究分類學者必須記錄的資料。

1

1　捕捉足腿節上的棘刺攻擊力十足（圖為勾背枯葉螳）。
2　捕捉足內側的斑紋洩漏牠們的身份（圖為薄翅螳）。
3　螳螂的捕捉足充滿尖銳的棘刺，如同「狼牙棒」般。
4　非洲藍斑巨螳捕捉足腿節上的藍色斑紋是重要的辨識特徵。

# 凌波微步

　　還記得小時候每週日晚上全家人都會守在電視機前，只為了觀賞當年轟動一時的港劇「天龍八部」。劇中男主角段譽因緣際會學得絕世武功，其中「凌波微步」就是以輕快、難以捉摸的腳步來移動或是閃避敵人的攻擊。

　　螳螂在移動時也有相似的動作：輕巧地挪動腳部時，倒三角形的頭部也不忘張望四周、注意各種動態，尤其是在植物上移動，必要時也會利用捕捉足輔助攀爬，猶如猴子般靈巧地於枝葉間活動。牠們的態度怡然自得，感覺就像使出凌波微步的功夫般自在，這也是台語俗名稱牠們為「草猴」的原因。

1　透翅螳倒掛著清理後足，如同表演特技般。
2　剛孵出的汙斑螳若蟲停在樹葉上四處張望，準備移動。

# 展翅高飛

　　螳螂尚未羽化為成蟲時沒有翅膀，只有五齡至六齡之後才能在中胸與後胸看到小翅芽，待羽化後，前翅與後翅就會完整伸展開並且覆蓋於腹部。前翅又稱為「翅覆」，可以覆蓋保護後翅以及腹部。

　　螳螂會飛嗎？這是許多人會提出的疑問。目前已知大部份的螳螂羽化後都有翅膀，但並非有翅膀就具有飛行能力。正常來說，螳螂的雄成蟲具有較佳的飛行能力，所以在路燈下發現趨光的螳螂多為雄成蟲。雌成蟲剛羽化時也具有短暫的飛行能力，但是不斷捕食後，體內開始製造卵粒使體重增加，造成翅膀的負擔，所以無法長距離飛行，只能以跳躍的方式短暫滑行。

1

1　萊姆綠螳雌成蟲腹部裝滿卵粒。

螳螂中也有較為特別的種類，例如名和異跳螳的雌成蟲翅膀已退化成非常短小，所以沒有飛行能力，但是雄成蟲則分為有翅型及無翅型，這是相當有趣的現象。台灣大學昆蟲系的研究生還以此作為碩士論文的題目。

　　世界上的螳螂也無奇不有，非洲沙漠區產的特殊種類「沙漠螳螂」，成蟲的翅膀皆已退化至非常短小，但除了捕捉足外的另兩對步行足則非常細長。經觀察後發現，這是因應沙漠地區的炎熱氣候與細砂地形而特化的，細長的腳有利於在細砂上快速移動，短暫停留時腳部會將身體撐高，以隔離高溫的細沙。由此可知，螳螂尚有許多神祕事物等待我們去發現。

3

4 5

2　刺花螳威嚇時將翅膀展起。
3　後翅展起時如同扇子般展開。
4　沙漠螳平時趴在沙子上，進食時將身體撐起。
5　夜晚趨光飛到路燈旁的角胸奇葉螳是我夢想多年的場景。

# 精密定位

　　螳螂在移動或是獵捕時會左右搖晃，這其實是一種「對焦」動作。當螳螂行進間或是準備捕捉獵物時，通常會大動作且有節奏地左右搖晃來計算距離，這時輔以頭部後緣與前胸背板上的兩撮感覺毛，即能精準掌握獵物與自己的相對位置，有效地捕捉獵物。

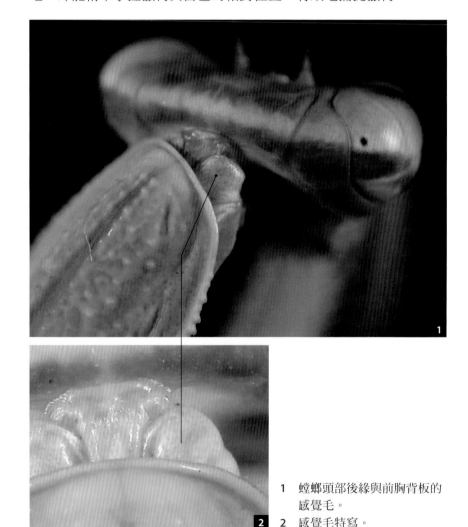

1　螳螂頭部後緣與前胸背板的感覺毛。
2　感覺毛特寫。

# 斷足再生

任何一種昆蟲在成長的過程中都有可能遭遇天敵攻擊，或因為意外而造成身體損傷。正常來說若是小傷口，傷口會在體液乾燥後凝結，應不至於對昆蟲生命造成危害。但天敵攻擊時有可能造成無法彌補的傷害如斷肢，或在蛻皮的過程中因為水分不足、遭到外力干擾等而造成肢體受傷，絕大部分的昆蟲就只能以僅有的狀態繼續生活。但是螳螂擁有非常特殊的「斷足再生功能」（大部分節肢動物都有這樣的功能，但成蟲或成體後受傷就無法再恢復）。螳螂在成長的過程中需要蛻皮數次，在尚未羽化為成蟲之前，萬一被攻擊因而損傷了任何一腳，將會在下次蛻皮時再生，依損傷程度的不同，再生的程度也不一樣。根據野外觀察及實際飼養發現，越低齡期的幼蟲肢體受到損傷，完全復原的機會就越大。

例如，螳螂若蟲在二齡時斷了一隻腳，蛻皮轉三齡時，原先斷腳的部位會再長出，只是大小長度比原來的腳小了許多，而且斷腳後，身體需要累積更多養分與能量才能幫助腳再生，所以轉齡的時間會延長。待蛻皮轉四齡後，腳才會再長大一些，通常一次斷腳需要三至四次蛻皮才能完全恢復。

有時見到螳螂成蟲腳的長度不一，這通常是末幾齡時斷腳，所以腳才無法完全恢復。而螳螂成蟲已經沒有再生的能力，萬一遭遇天敵攻擊而斷腳，就無法再長出新的腳了。

1 麗眼斑螳的終齡若蟲複眼嚴重受傷。
2 羽化成蟲後，複眼僅復原一部分。

# 清理身體是不可或缺的保養

　　常在野外觀察自然的朋友一定看過，螳螂會若有所思的停在
枝葉上，將腳抬起放到嘴邊開始啃，或是舉起捕捉足刮刮自己的
頭部、觸角，再放到嘴中咬一咬，順勢再刮刮複眼，重複這些動
作。其實牠們並不是餓昏頭才啃自己的身體，這是牠們正在細心
清理自己身體的行為。

1　寬腹斧螳清理捕捉足。

螳螂的複眼與觸角是最重要的感覺器官，牠們需要依靠這些感覺器官掌握周遭的動態，其次就是一對捕捉足與兩對步行足，不照顧好就沒辦法順利的移動。所以剛吃完大餐，或是移動了一段距離後，螳螂皆會花許多時間清理身上各部位，因為食物的殘渣會腐爛，容易孳生病菌造成不良的影響，所以牠們需要時時清潔自己，以保持最佳狀態。

**3**

2　綠大齒螳使用捕捉足輔助清理後足。

3　麗眼斑螳使用口器清理觸角。

# 螳螂的行為語言

**3**

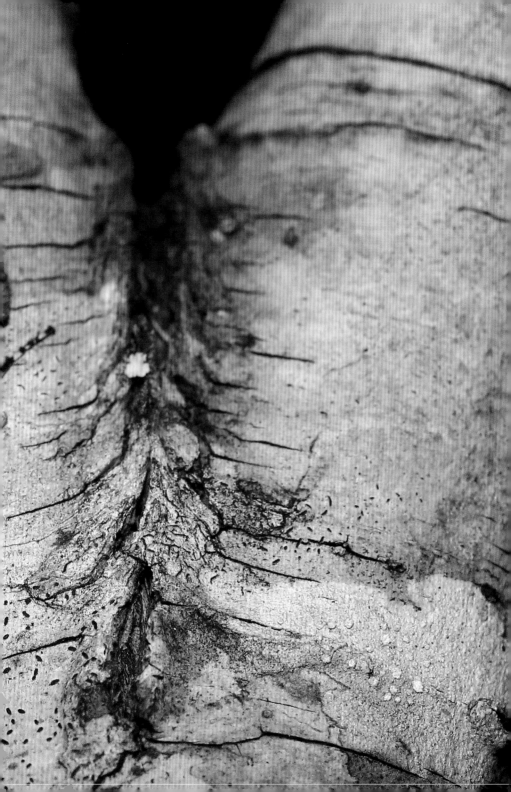

# 視覺密碼

　　很多朋友觀察螳螂時會提問：「雙眼中間那像寶石般發亮的是什麼呀？」螳螂除了複眼之外，還有三顆如寶石般漂亮的單眼，這些單眼可不是裝飾品，它可是昆蟲界的感光元件，單眼的功能為輔助複眼感受環境的亮度明暗，讓螳螂能在各種環境中行動自若。

　　複眼的構造相當精密，由數千顆單眼所組成，是螳螂主要的視覺器官。光線明亮時複眼的顏色會變漂亮，一般認為晚上或光線不足的環境中，螳螂的複眼會變為深色來增加對光線的感受度，所以螳螂的視覺無論黑夜白天都非常敏銳。這也是為什麼在夜間觀察時比較容易發現黑眼睛或是眼睛顏色較深的螳螂。

1

螳螂的複眼可能因為碰撞、受到攻擊或年紀大了而出現異狀。當複眼上出現一塊黑色或是褐色大小不一的色塊時，就是複眼的表層已受到破壞。如果螳螂尚未成蟲時複眼就受傷，受傷的部分將會在蛻皮後復原，但萬一是成蟲的複眼受傷，就無法再恢復，會影響視覺直到螳螂壽終正寢為止。

螳螂的眼睛會跟著人移動嗎？很多人誤認為螳螂複眼上的黑點是牠的瞳孔，其實複眼上並沒有瞳孔這樣的構造，那個黑點是因為光線角度的關係，造成我們看到面對著我們的複眼底部的折射盲點，因為很像瞳孔，所以被稱為「偽瞳孔」。

1 日本螳螂書籍中稱複眼上的黑點為「偽瞳孔」（圖為獅鳩螳）。
2 麗眼斑螳複眼上的黑點隨著角度移動。
3 螳螂的巨大複眼是由許多小眼所組成（圖為角胸奇葉螳）。

# 雌雄莫辨

「螳螂的公母該怎麼分辨？」這也是曾困擾我很久的問題。螳螂的成蟲以外觀分辨性別還算容易，但是若蟲就需要張大眼觀察牠的腹部。

先來看看成蟲。其實螳螂的雄蟲多半非常苗條，牠們擁有擅於飛行的翅膀，所以在夜晚路燈下發現的多為雄蟲。雄蟲通常具有發達的觸角，隨時感受雌性釋放的性費洛蒙以利快速找到雌蟲完成終身大事。雌成蟲體型通常較雄成蟲大，因為牠們肩負懷孕生子的重責大任，尤其是腹部裝滿卵粒時，身型更顯得臃腫，更有許多種類螳螂的翅膀無法完全蓋住腹部，甚至退化為鱗片狀。由成蟲樣貌或翅膀大小分辨雌雄算是基本的辨別方式，成蟲尾部的生殖器官也可以用來分辨性別。

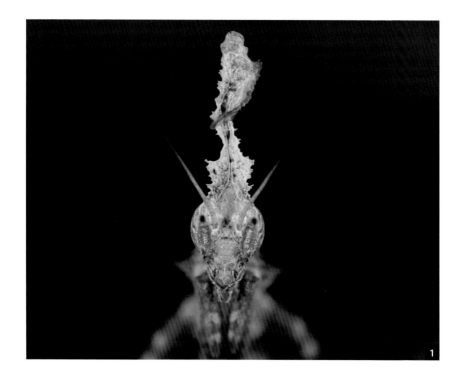

1

1　幽靈枯葉螳雄成蟲的頭部葉狀突起形狀特殊。
2　圖為大異巨腿螳雌蟲五齡若蟲，腹部節數為 6 節。

分辨若蟲性別最為準確的方法是觀察腹部節數數量，但是剛由卵中孵化的若蟲因為體型太小，腹部還無法清楚分辨節數，通常要等牠蛻皮兩至三次，體型變得較大後才能明確看出性別。同齡期的若蟲，雌性腹部體節較雄性少。有些特殊種類可以在三齡後由外觀分辨雌雄，如非洲幽靈螳可以由頭部頂端的冠狀裝飾辨別；索氏角胸螳則是二齡後由體色來分辨，淺棕色為雄蟲，白色為雌蟲。

5

6

3 　幽靈枯葉螳雌成蟲的頭部葉狀突起寬大。
4 　圖為大異巨腿螳雄蟲四齡若蟲，腹部節數為 8 節。
5 　索氏角胸螳雄蟲體色為淺褐色（圖為二齡若蟲）。
6 　索氏角胸螳雌蟲體色為白色（圖為一齡若蟲）。

# 螳臂當車

莊子在〈人間世〉中寫道:「汝不知夫螳螂乎,怒其臂以當車轍,不知其不勝任也。」古人常以「螳臂當車」來形容不自量力的行為。

螳螂在遇到天敵或是威脅時,常舉起雙臂、豎起翅膀做出威嚇的動作,很多人覺得非常有趣。其實螳螂這些動作主要是讓自己看起來體型更大,讓敵人不敢輕舉妄動,以達到怯敵的目的。

螳螂雙臂與翅膀上的斑點、圖案或是色塊都各有不同,某些種類的翅膀上則有類似「眼紋」的圖案,當展起翅膀威嚇時,會讓敵人以為遇上棘手的傢伙,或轉移牠們的攻擊目標。有學者認為這是藉由視覺的強化來逼退牠們的敵人,的確一點都不假。一般而言,擁有一對大眼睛的動物通常體型都不小,所以演化的結果常讓我們充滿驚喜。

**4**

1　沙漠螳雌成蟲威嚇時展起小小的翅膀，沒有兇惡的感覺，反而很可愛。

2　獅鳩螳（*Polyspilota griffinii*）揚起翅膀讓體型看起來增加一倍。

3　勾背枯葉螳雄蟲威嚇時翅膀上的眼紋相當鮮豔。

4　非洲芽翅螳（*Parasphendale agrionina*）威嚇時高舉雙臂的表情也相當
　　兇惡。

# 呆若木魚

　　常遇到螳螂的人一定知道牠們喜歡玩「1、2、3 木頭人」。螳螂與許多昆蟲一樣，遇到危險時會維持原狀靜止不動，或是將身體與六肢緊貼住攀附物，藉由身形體色來偽裝成環境中的葉子或是樹枝，靜待數十秒甚至更久的時間達成欺敵的目的。

　　當然，遭遇觀察力更敏銳的敵人時，牠們會以摔落假死的障眼法，或是發狂似地亂跑後突然躺在落葉堆中不動裝死，裝死的過程中牠們會偷偷轉動頭部來注意敵人的動向。這些欺敵戰術看來雖然滑稽有趣，但卻是幫助螳螂躲過危險，得以順利成長的重要行為！

1　馬來長頸螳靜止不動時與樹枝一模一樣（圖為雌性成蟲）。
2　非洲樹枝螳隨時隨地保持「木頭人」的樣貌（圖為雌性四齡若蟲）。
3　日本姬螳遇到干擾時展現「五體投地」的大絕招（圖為雌性終齡若蟲）。

3

# 螳螂的生命延續

4

# 致命吸引力

　　螳螂交配時雄蟲會採取主動的態度，發現雌蟲後，先是不斷的抖動觸角並且注視著雌蟲的一舉一動，如果雌蟲沒有任何反應，則雄蟲會緩慢朝雌蟲前進，並且亦步亦趨注視著雌蟲。當距離已經非常接近時，雄蟲會突然發難，以半飛舞的方式迅速跳到雌蟲身上，然後開始一連串的求愛動作：將觸角伸長抖動來傳遞訊息，或是以捕捉足敲（搓）打雌蟲的背部，等到雄蟲認為時機成熟時會將腹部由右往左邊往下回勾，以交尾器磨擦雌蟲的生殖瓣，若雌蟲願意交配則會將生殖瓣打開讓雄蟲的交尾器放入，如果雄蟲磨擦數回雌蟲還不為所動，雄蟲會重複上述的步驟數次再重新嘗試交尾。

　　一旦交尾成功，那就是長時間的馬拉松式交配，最短數十分鐘至數小時，最長可達兩天以上。由此可知，雄蟲需要充足的體力才能完成生命中最重要的任務。交配完成後，雄蟲的精子將進入雌蟲的儲精囊中待機，並在未來使雌蟲的卵受精。

　　大部分種類的螳螂雌蟲如果沒有與雄蟲交配也會產下螵蛸，但是螵蛸中的卵不會孵化，只有極少數種類可以孤雌生殖。

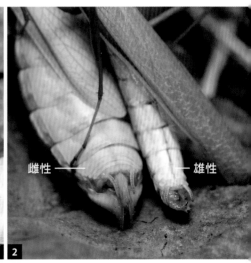

雌性 ——　　　　—— 雄性

**1** **2**

3

1　褐緣原螳（*Anaxarcha limbata*）交配時雄螳的觸角不斷往前抖動，像在「發布訊息」。

2　螳螂的雌雄蟲交尾器外觀極為不同，左為雌性、右為雄性。

3　原以為是雌螳交配時獵食另一隻雄螳的奇景，後來發現獵食的是一隻雌性，前後因果關係耐人尋味（賴志明攝影）。

# 寬腹斧螳交配

4 雄螳跳上雌螳背上時會先調整位置，並用捕捉足牢牢抓住雌螳的前胸背板。

5 雄螳腹部由側邊往下探。

6 雄螳身體往後退方便探索雌螳的交尾器。

7 不斷地前後上下探索。

8 探索的過程中持續使用觸角發出訊息。

9 可以看得出來雄螳腹部扭曲的程度。

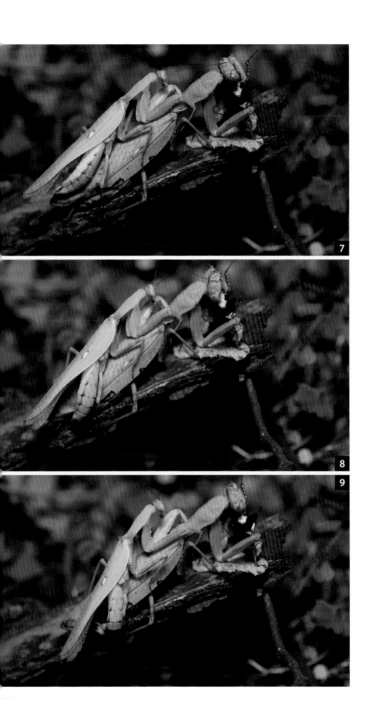

# 殺夫狂想曲

　　自然生態觀察者經常在野外目擊螳螂交配，但是靠近觀察後發現雄蟲的頭部與胸部不見了！更令人震驚的是雄蟲的腹部還繼續蠕動，顯示與雌蟲交尾的動作還在持續進行。「螳螂交配時，雌蟲一定會吃掉雄蟲嗎？」這是一個很棒的問題，因為殺夫的行為在動物界並不多見。我見過許多種螳螂交配，但基本上並非每一種都會吃掉雄蟲，就算是會將雄蟲吃掉的同一種螳螂，在交配時，雄蟲也不是每次都會被吃掉。仔細地拍照記錄後，我歸納出兩個觀點。

　　第一是雄蟲的狀態，雄蟲為了延續自己的基因，只要遇到雌蟲就像急色鬼一樣奮不顧身撲上去，雄蟲在交配時似乎非常緊張，因為牠們常會趴低在雌蟲的背上，似乎是為了躲避某種危險。如果雄蟲年輕力壯，各種行為能力良好，交配結束後通常在雌蟲尚未察覺時，就會飛快跳走，逃離現場。但如果雄蟲已經年老、體力較差或注意力無法集中，有可能在交配過程中，或是在交配結束後就被雌蟲吃掉。

　　第二則要先觀察雌蟲的腹部，如果腹部非常飽滿，就代表充滿卵粒或已吃得很飽，這時來交配的雄蟲被吃掉的機會通常會較低，可能因為雌蟲急著產卵或是真的吃不下。但如果雌蟲的腹部乾扁，像是飢腸轆轆，這時跳到牠背上的雄蟲可就不妙了，有可能會變成雌蟲的美味養分。

　　國外的研究者指出，有些種類的雄蟲在被雌蟲攻擊後，牠的腹部依然可以繼續交配的動作，以確保自己的基因可以順利傳遞。難道，雄蟲是自願犧牲的嗎？螳螂交配時為什麼會發生殺夫行為？螳螂弒夫以訛傳訛的真相到底為何？一切都還需要更多的研究與觀察來解謎。

1　眼鏡蛇枯葉螳交配時發生不幸的情況。
2　殺夫慘案的苦主殘骸散落一地。

# 薄翅螳交配

3 發現牠們時雄螳上半身已被吃掉。

4 但是雄螳下半身持續探索中。

5 雌螳邊吃邊將接受雄螳生殖器。

6 雌螳的生殖瓣打開接受雄螳的交尾器表示成功達陣。

7 維持交配姿勢約數小時，直到雄螳將精子送入雌螳的儲精囊中。

# 螵蛸的妥善保護

　　雌螳螂為了保護卵粒不受外力的影響而可正常孵化，在產卵時，生殖器中的附腺會分泌出特別的膠狀物質。這膠質在產卵的初期會先分泌出來塗抹於產卵處，隨著尾部固定頻率的動作，卵粒也整齊地排列在這膠質中。在膠質接觸空氣硬化後，依螳螂種類不同，形狀顏色也各有不同，有的質感像海綿或發泡劑，顏色也相當多變，但功能都是為了保護卵粒的安全。

　　螳螂的螵蛸也就是中藥裡著名的「桑螵蛸」，性甘、平，功能為固精縮尿、補腎助陽，不過據中藥業者表示，特定螳螂（刀螳或斧螳）產在桑樹上的螵蛸才具有藥效。

1

1　馬來拳擊螳的綠色螵蛸質感像海綿。
2　越南阡柔螳海南亞種的螵蛸產在葉背。
3　馬來長頸螳產卵中，未乾的螵蛸很像「龍鬚糖」。
4　沙漠螳的螵蛸產在砂質的環境中。
5　魏氏奇葉螳的螵蛸，生態觀察者戲稱為「巧克力」。
6　薄翅螳螵蛸的橫剖面（卵室排列方式）。
7　薄翅螳螵蛸的縱剖面（孵化孔）。

# 殺手螳螂的輓歌

自然界的生物都有牠們的生存方式，雖然螳螂看起來是昆蟲界食物鏈中高階的掠食者，但是還有許多生物直接或是間接獵捕螳螂。到底這些生物有什麼過人的能耐，能掌控昆蟲界中頂級掠食者的生死，甚至將牠們玩弄於股掌之間，就讓我們來一探究竟吧！

5

# 無影無形的殺手 真菌

　　在觀察螳螂時常發現，有些螳螂的身體非常完整，但是身上卻長滿白色或是綠色的真菌，仔細一看才發現牠們已經死亡。經過討論後才知道，許多真菌會在昆蟲身體虛弱或有傷口時入侵。這些被入侵的昆蟲行動會逐漸緩慢下來，最後，真菌侵占了昆蟲的身體，昆蟲的生命也告終結。

　　其中最廣為人知的例子就是中藥材裡著名的「冬蟲夏草」。真菌會入侵蝙蝠蛾科的幼蟲，寄生在其體內，夏天時長出菌類的子實體。像這種完全看不到形體的真菌真是可怕的殺手呀！

1

1　北部山區發現的大刀螳遭到菌類寄生，姿態還栩栩如生。
2　被菌類寄生的大刀螳若蟲死亡前姿態很特別。

# 鑽來竄去的殺手 鰹節蟲

　　我正準備撰寫這本書時，有次在野外發現螳螂的螵蛸，所以將它帶回家，放置於自製的孵化容器中每日觀察。一日見到容器底部有螵蛸的碎屑，覺得非常奇怪，拿出來觀察後赫然看見螵蛸上有許多孔洞，而且裡面好像有蟲在鑽動，仔細一看，確認其上有小甲蟲在活動。

　　查閱資料後才知道這是一種「鰹節蟲」（中國稱為皮蠹蟲），牠們會蛀食螳螂的螵蛸。所以可知，螵蛸並無法絕對地保護裡面的卵粒，真是應驗了「道高一尺，魔高一丈」這句話。

1　鰹節蟲的成蟲樣
　　貌與瓢蟲長得非
　　常類似。
2　鰹節蟲的幼蟲與
　　蛾類幼蟲很像。
3　被鰹節蟲侵入的
　　螵蛸，卵粒將被
　　蛀食殆盡。

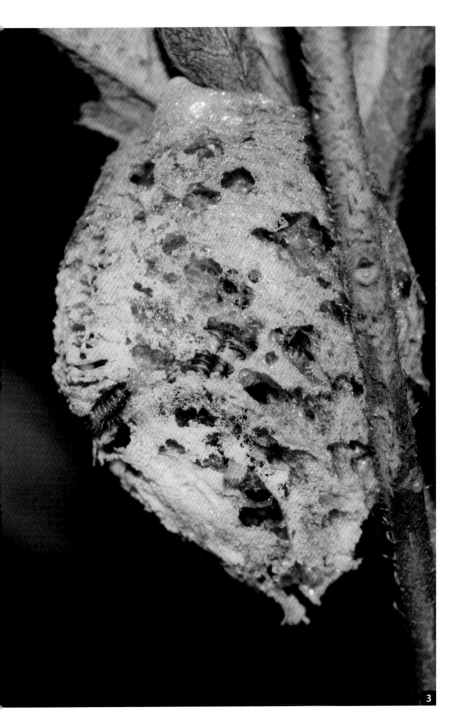

**3**

# 體型微小的殺手　螳小蜂

　　螳螂為了保護下一代的安全，所以產卵的同時，會在卵外加裝一層如發泡膠的保全系統，這種膠質在硬化後形成我們所看到的螵蛸。螳螂依種類不同，螵蛸也形狀各異，但目的都同樣是保護裡面的卵不受外力影響，順利孵化。

　　有一些寄生蜂專以螳螂的卵為寄生的對象，稱之為「螳小蜂」。牠們先以觸角探測找尋合適的位置，再以尾部特化的產卵管刺穿螵蛸，將牠的卵產在螳螂的卵粒上，待螳小蜂的幼蟲孵化後就以螳螂的卵為食。

1　停在綠大齒螳螵蛸上的螳小蜂與一般看到的樣貌不同。
2　外形可愛的螳小蜂是殺手中的殺手。
3　螳小蜂彎下產卵管產卵中。

產卵管————

**3**

# 異形殺手 鐵線蟲

　　相信很多人對常見的寬腹斧螳與台灣巨斧螳並不陌生，在郊山或市區公園中常有機會觀察到牠們。某次到烏來拍攝昆蟲時，看到一隻寬腹斧螳在路邊積水處，動作怪異，靠近觀察時發現牠的腹部尾端竟然有奇怪的東西跑出來，那是一條細如鐵絲的物體像異形般在水中蠕動著！

　　查閱資料後得知，這是一種寄生在昆蟲體內的鐵線蟲。螳螂捕食帶有鐵線蟲的昆蟲後，鐵線蟲便寄生在螳螂的體內吸取養分，直到個體成熟後，驅使被寄生的螳螂往潮濕環境或是水邊移動，再鑽出螳螂身體到水中繁殖。被鐵線蟲寄生的螳螂因為身體內部被破壞，最終難逃一死。

1

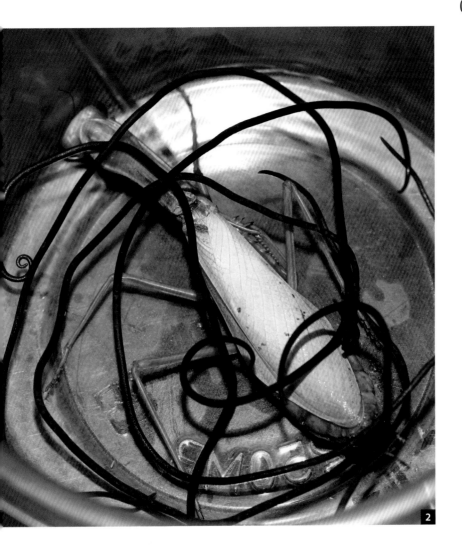

**2**

1　魏氏奇葉螳雌蟲雖稀有少見，卻也難逃索線蟲的寄生。
2　台灣巨斧螳腹中竄出三隻鐵線蟲，看到的人無不驚呼太恐怖了。

# 陷阱的殺手 蜘蛛

　　如果說螳螂是昆蟲界的頂級掠食者，那蜘蛛就是節肢動物界的超級殺手。蜘蛛能織網、有毒牙、爬行速度快，可說是具有各種捕獵的能力。以郊山常見的人面蜘蛛來說，因為牠是台灣大型蜘蛛的種類之一，架起的網子直徑可以超過一公尺以上，就連大型的寬腹斧螳不小心飛撲到蛛網上，也難逃牠毒牙猛烈的攻勢。

　　當然，我也目擊過各種蜘蛛捕食螳螂，螳螂的成長之路可說是充滿了挑戰。

1　遭到蜘蛛捕食的螳螂若蟲（攝於新北市烏來）。
2　大刀螳螂終齡若蟲也難逃人面蜘蛛的天羅地網（攝於新北市安坑）。

# 快速殺手　蜥蜴

在野外常能看到蜥蜴在樹上活動，看起來可愛而且也相當怕人，但事實上牠們可是兇猛的掠食者，與螳螂一樣擁有能融入自然環境的保護色。誰先看到誰尚且說不定，但是奔跑迅速的蜥蜴通常能奪得先機，一口將螳螂吞下。

1　黃口攀蜥捕食棕汙斑螳（攝於宜蘭頭城）。
2　薄翅螳遭到斯文豪氏攀蜥捕食（攝於台南新化林場）。

# 跳躍的殺手　蛙類

　　蛙類常見於潮濕的環境中，無論是市區周邊或是山上都能看到牠們的蹤跡。蛙類具有非常好的保護色，牠們通常待在一個定點守株待兔，而且瞪大雙眼注意著四周，昆蟲只要經過地面前都有可能被捕食，螳螂當然也不例外。

1　山區路燈下趨光的螳螂通常會被蟾蜍一口吞下。

# 眼尖殺手　鳥類

　　鳥類幾乎是大部分昆蟲的天敵，台灣春初到夏末是鳥類繁殖育雛的季節，拜自然觀察的盛行，記錄鳥類生態時常能發現牠們捕捉各種昆蟲回巢餵養雛鳥。

　　最常被親鳥捕抓的是各種蝶、蛾類幼蟲，蟬與蝗蟲排第二名，也常可見到螳螂被捕食。本身具有保護色、躲在枝葉間的螳螂，為什麼會變成鳥類的盤中飧？

　　究其原因後，想起古人早有一句貼切的形容：「螳螂捕蟬，黃雀在後」，字義上是形容做事沒有瞻前顧後，但實際用在生態觀察時可以解釋為：「當螳螂專心並緩慢移動捕抓獵物時，牠的動作也因而暴露行蹤，讓鳥類得以發現牠，並加以捕捉。」

1　遭到五色鳥捕食育雛的寬腹斧螳（黃一峯攝影）。

# 致命殺手 化學藥劑

　　早期農業時代，農民為了節省時間體力，所以使用除草劑來消滅田邊雜草，後來發現除草劑會造成生態汙染，所以越來越少人使用。其實，近來在山上觀察的時候偶爾也會看到路邊的花草枯黃一片，顯示仍有人貪圖方便繼續使用除草劑，但使用者可能不知道噴灑後常會造成各種生物死亡，螳螂也是受害者之一。

　　螳螂自螵蛸孵化出來後，以牠們的移動能力來說應該都生活在同一個區塊中，除草劑噴灑後等同於整個區塊中的螳螂無一倖免。所以在此呼籲，提醒身邊的朋友不要再使用化學藥劑來毒害這片綠色大地。

1　被除草劑噴過的環境了無生機。

# 捕食與被捕食之間

　　這些年生態觀察的風氣相當盛行，許多朋友們利用下班時間和假日到山區步道找尋各種可愛的昆蟲，並且帶著相機拍下美麗的照片，這過程中也揭露許多生物不為人知的樣貌與習性。什麼昆蟲是肉食性？什麼昆蟲是植食性？牠們會出現在什麼植物上？其中螳螂是較不可預期的，所以發現時通常是大家爭相拍攝的目標。

　　每當提到螳螂這類昆蟲時，許多朋友會提問：「螳螂是不是什麼都能吃？攻擊力是不是很強？」這時我都會說在自然界中沒有誰最強、誰最弱的問題，「弱肉強食」這句話道盡了生態的現實。

　　上面列舉的數種螳螂天敵，除了真菌之外，其他的生物也都有可能被螳螂捕食。低齡期的螳螂若蟲可能捕食螳小蜂；體型相當或是小於螳螂的蜘蛛也會成為螳螂的盤中飧；體型較大的螳螂則能夠捕食體型較小的蜥蜴與守宮。一旦碰上面，誰吃誰還不知道呢！最重要的是，我們不要干擾自然生態中的事物，只要做個忠實的旁觀者就好。

1　捕食與被捕食在自然環境中不斷循環（圖為寬腹斧螳捕食攀木蜥蜴幼體）。

# 台灣螳大校閱

台灣的螳螂種類雖然不多，但是棲息的環境差異很大。有的種類在住家周邊的植物或是校園綠地就能發現，因為這些螳螂身強體壯，一小塊綠地就能讓牠們順利的成長，甚至是夜晚趨光而飛到窗台上，都讓人驚豔不已

有些種類則要到郊山步道才能見到牠們可愛的身影，就像是躲藏山中的小精靈，牠們可能在樹幹背後或是枯葉堆中監視你的一舉一動，等你離開後，或是確定你並非天敵才會露臉。更有些特異分子只棲息於特定山區，例如早上陽光強烈，午後就起雲霧的霧林帶。這裡的植物枝葉長滿苔蘚地衣，地上厚厚的落葉腐植與枯枝，讓螳螂們如忍者般隱身在環境中。我們看到的到底是樹枝或是枯葉，就藉由以下的介紹來幫你打開自然之眼吧！

6

花螳科 Hymenopodidae　姬螳屬

# 日本姬螳
## 五體投地躲危險

**學名** *Acromantis japonica*

**體型** 中小型螳螂，成蟲體長約 2.5-3cm

**分布** 台灣全島

**棲息環境** 1,200 公尺以下低海拔森林

**生態特色** 主要棲息於未開發森林或是雜木林中。剛由卵中孵化的一齡若蟲體型嬌小，體色呈黑褐色，外型近似螞蟻，喜歡在森林底層與低矮植物上活動。捕捉昆蟲時面對體型相當的獵物也不畏懼。轉二、三齡後體色變為深褐至淺褐色，具有點狀紋路，在落葉枯枝上具有偽裝的效果。五、六齡後前胸背板與頭部、翅芽為明顯綠色或褐色，腹部為淺褐色。羽化成蟲後雄、雌皆具有翅膀，雄蟲飛行能力佳，雌蟲稍具飛行能力。雄蟲夜晚具有強烈趨光性，常可見於山區路燈下。

2

1 三齡若蟲受到
　干擾時，停在
　枯枝上，靜止
　不動。
2 日本姬螳雄成
　蟲臉部特寫。

**相遇日記**

　　根據論文資料 2004 年〈台灣螳螂目之分類〉中提及台灣記錄到另外兩種姬螳「南方姬螳」與「台灣姬螳」，再依據個人在台灣各地的野外觀察經驗來說，夏、秋兩季在野外遇到姬螳的機會較高，除了夜晚趨光到燈下的成蟲之外，常可在開花的植物上觀察到若蟲或是成蟲守在花朵旁等待訪花的昆蟲。

　　姬螳確實存在各種外觀形態上的變異，例如頭上的角狀突起、體色、前翅的顏色花紋、中後足上的葉狀突起。這些差異原本是文獻上鑑定的依據，後來採集不同地區的日本姬螳，並且實際繁殖數代，由繁殖的後代來看幾個重要特徵的表現，發現這些特徵都是連續的變異。因為早期的分類學者主要以外在型態特徵作為種與種之間的差異，當年研究材料取得不易，有可能取得一隻雄蟲或雌蟲的標本經比對後，只要外型稍有不同就有機會被發表成為一個新種。由於文獻上只有簡單的文字描述型態，沒有將特徵畫出而增加了比對的困難。

　　綜觀以上各點，輔以野外觀察時找到的個體比對文獻上記載的特徵後，並無符合「台灣姬螳」或「南方姬螳」描述的個體，所以台灣是否存在這兩種姬螳，還需要分類學者來研究釐清。

台灣螳大校閱

3　雌性六齡若蟲捕食昆蟲（褐色型）。
4　照明燈旁捕食趨光蛾類的雌性五齡若蟲（綠色型）。
5　褐翅型雄成蟲。
6　交配時遇到干擾，雌蟲馬上以「五體投地」的姿態趴倒，雄蟲則是回頭觀望我的動態。
7　雌蟲與牠剛產下的螵蛸。
8　剛由螵蛸中孵出的一齡若蟲外觀與螞蟻非常相似。

花螳科 Hymenopodidae　異巨腿螳屬

# 大異巨腿螳
# 手戴拳套打天下

**學名** *Astyliasula major*

**體型** 中小型螳螂，成蟲體長約 2.5-3cm

**分布** 台灣中部以南至東南部

**棲息環境** 海拔 1,000 公尺以下未開發原始森林

**生態特色** 只有在較少開發的低海拔闊葉森林才有機會看到的珍奇螳種，曾稱為「大巨腿螳」、「拳擊螳」。剛由卵中孵化的小螳捕捉足已經具有「拳擊手套」的特色，牠們淡褐色的身上只有頭部、背部、複眼與腹部有黑褐色斑紋。開始捕捉昆蟲進食後會迅速脫皮轉齡，三齡後身上黑褐色斑紋消失，蟲體呈淺褐色至深褐色，非常適合在森林底層的落葉上活動。捕捉足的內側呈血紅色，充滿十足的警告意味，脫皮羽化成蟲後，雌、雄皆具有翅膀，雄蟲非常善於飛行，夜晚具趨光性，雌蟲則只能短距離滑翔。本種遇到干擾時喜歡以墜落假死或到處亂竄的方式來躲避危險。

1 雌性成蟲不動時如同枯葉般。
2 大異巨腿螳雄成蟲的臉部特寫。

**相遇日記**

　　很早以前就聽聞台灣有種帶著拳擊手套的螳螂，2004 年在網路瀏覽時看到同好分享的生態照後，對於這特別的種類充滿好奇，探訪野外也曾用心找尋但皆無所獲，後來才知道本種螳螂目前只在中部以南至東南部的山區才有機會發現。

　　第一次與本尊見面的緣分是在南投的惠蓀林場。當天與好友一行人在園區中夜間觀察，眼尖的玉華姐首先發現牆壁的燈旁停著一片奇怪的「枯葉」，她好奇地靠近時，這片枯葉竟然動起來了，我們也注意到這片枯葉還會使用紅色旗幟打旗語。這時我才猛然想起拳擊螳的捕捉足內側是紅色的，這不就是大名鼎鼎的拳擊螳嗎！當時的心情真是「踏破鐵鞋無覓處」呀！

　　後來陸續在八仙山森林遊樂園、阿里山、台南關子嶺、高雄扇平、台東縣達仁鄉發現本種的蹤跡，這些區域都有相同的條件，就是未遭破壞的森林，由此可知台灣拳擊螳對於棲息環境的要求。

台灣螳大校閱

8

3　二齡若蟲使用捕捉足「打旗語」警告來者。
4　雌性六齡若蟲遇到干擾時倒地假死。
5　威嚇時高舉雙臂顯現血紅色的「拳套」。
6　大異巨腿螳交配時的標準姿勢。
7　質感如海綿般的綠色螵蛸是巨腿螳的註冊商標。
8　剛由螵蛸中孵出的若蟲相當可愛。

花螳科 Hymenopodidae　齒螳屬

# 綠大齒螳
## 綠衣披身當隱形

**學名** *Odontomantis planiceps*
**體型** 小型螳螂，成蟲體長約 2-2.5 公分
**分布** 台灣全島
**棲息環境** 海拔 2,000 公尺以下森林
**生態特色** 又稱為台灣花螳螂，剛由卵中孵化時體色黑亮，外型與螞蟻殊無二致，捕捉足常在胸部下方，偽裝成螞蟻，雖然體型非常小，但獵捕昆蟲時相當主動。待脫皮轉二、三齡後，捕捉足會轉為鮮豔的橘色，中後足轉為綠色。四齡後體色由背部逐漸轉綠，終齡若蟲時全身皆為綠色，成蟲後雄蟲善於飛行，夜晚不具趨光性。剛羽化的雌蟲具有短距離飛行能力，待腹部儲滿卵粒時便無法飛行。若蟲或是成蟲都喜歡在花朵旁等待訪花的昆蟲接近後捕捉，這種生態行為剛好符合「守株待兔」這句成語。

1　成蟲喜歡躲在盛開的花朵中捕捉訪花的昆蟲。
2　四齡的若蟲體色變得鮮豔。

**相遇日記**

　　記得 2005 年還在幫嘉義大學採集昆蟲展示館藏時，常在台灣各地東奔西跑。有天中午，在北橫的四稜午餐，於樹蔭下吃麵包時邊想著之後的行程，耳尖的我聽到旁邊的草叢中有騷動，原來是大花咸豐草上有隻小灰蝶正在振翅掙扎中。本以為牠是被蟹蛛捕食，後來仔細觀察後才發現是隻綠色螳螂在捕食這隻小灰蝶。

　　這隻螳螂的體型與體色真是絕佳的偽裝，難怪一時之間無法看出捕捉這隻小灰蝶的凶手原來是綠大齒螳。後來常在各山區發現本種螳螂，無論是高達 2,000 公尺以上的山區或市區周邊的郊山都有牠的蹤跡，這點印證了螳螂雖小卻適應力十足！

8

3　剛由螵蛸中孵出的綠大齒螳其體型、體色皆與螞蟻相似。
4　雌性五齡若蟲的體色變綠，並且可看到小翅芽。
5　訪花的小灰蝶被雌成蟲捕食。
6　雄性成蟲體型較為苗條。
7　剛跳到雌螳背上，等待交配機會的雄螳。
8　產在枯樹枝上的綠大齒螳螵蛸。

虹翅螳科 Iridopterygidae　透翅螳屬

# 透翅螳
## 清透嬌小好躲藏

**學名** *Tropidomantis sp.*
**體型** 小型螳螂，成蟲體長約 2-2.5 公分
**分布** 台灣屏東（屏科大）
**棲息環境** 低海拔平原
**生態特色** 目前僅在屏東地區有紀錄，2010 年就讀屏科大的何季耕先生陸續發現成蟲與若蟲。本種由螵鞘孵出的一齡若蟲身體細小、複眼巨大且體色透明，喜歡停留在植物樹枝或樹葉背面，移動的方式以跳躍為主。若蟲約四齡後體色即呈現半透明的翠綠色，複眼為黃色上有紅色紋路，背部中央有一條黃紅色縱紋。成蟲體色為翠綠色，捕捉足與前胸背板上有明顯可見之不規則狀的綠色斑紋。翅膀為透明狀，前翅外緣為黃綠色，翅膀上能清楚看見如網格般的翅脈，相當具有特色。

2

1　二齡若蟲身體依然是半透明的狀態，可看到食物在身體中。
2　透翅螳剛孵出的若蟲體色透明。

**相遇日記**

　　2012 年 9 月份在臉書社群上看到何季耕先生貼出一張螳螂螵蛸的照片，當下覺得與名和異跳螳的螵蛸非常相似，但是長度與形狀有異，所以特別商請季耕兄將螵蛸取下，螵蛸孵化後也順利飼養。當年季耕兄也採集了本種螳螂的成蟲寄給我，我將成蟲轉交給一直關注台灣螳螂分類的學者，同時也是《台灣的竹節蟲》一書的作者黃世富先生鑑定，他認為此種未知螳螂應是產於香港、海南島的透翅螳屬成員。我亦檢視過香港、海南島產的成蟲活體與螵蛸，最後再比對《中國螳螂》、《香港螳螂》二書中對於海南透翅螳的描述，發現與台灣未知種螳螂的各項特徵均吻合，至於是否真為此種還需要相關研究人員比對模式標本才能確定，不過至少確定本種螳螂為台灣新紀錄屬或新紀錄種的成員。

　　後來季耕兄提及，2010 年時他就曾經觀察過這種特別的螳螂，只是並非自己研究的類群，所以沒有特別注意。他表示，此一未知種螳螂全年可見，雄成蟲夜晚會趨光至路燈下。2013 年也有屏科大學生的觀察採集紀錄。先前季耕兄寄給我的成蟲已分別製成乾燥標本與酒精浸泡標本，送至台中「國立自然科學博物館」存放，以利未來對於螳螂分類有興趣的學者檢視。（2014 行政院農委會特有生物研究保育中心《自然保育季刊》第 85 期）

台灣螳大校閱

3　雄性終齡若蟲體色相當豔麗。

4　透翅螳喜歡躲在葉背伏擊經過的昆蟲。

5　雄蟲平趴在葉面，等待與雌蟲進行交配的機會。

6　本種透翅螳的螵蛸細長，與名和異跳螳長得不同。

7　本種的棲息環境。

8　海南島尖峰嶺保護區拍的海南透翅螳，與台灣的未知種透翅螳相當類似。

跳螳科 Gonypetidae　樹皮螳屬

# 樹皮螳
## 忍術高超第一名

**學名** *Theopompa* sp.
**體型** 中型螳螂，成蟲體長約 4-5 公分
**分布** 台灣全島
**棲息環境** 低海拔原始林
**生態特色** 樹皮螳常是生態觀察者口中的稀有物種，主因為牠們的體色從小就具有與環境融為一體的特性，樹幹與岩石上的苔蘚紋路猶如牠們的保護衣，只要牠們靜靜地停趴著不動，任誰也無法輕易發現樹皮螳的存在。通常在山區路燈下較容易觀察到雄蟲，因為雄蟲體型瘦長，善於飛行且具有強烈趨光性，所以於夏季山區可以查看路燈下是否有牠們的蹤影。目前雌蟲的發現紀錄非常少。以個人觀察經驗歸納出雌蟲少見的原因，可能是雌蟲翅膀無法完全蓋住腹部，所以並無實際飛行能力，僅能以步足進行小範圍快速移動來躲避危險，故難以預測出現地點，只能隨機發現。

1　雌性終齡若蟲，翅芽腫脹代表即將羽化成蟲了。
2　樹皮螳螂雄成蟲的臉部特寫。

**相遇日記**

2010 年與好友世富兄到台東各個林道找尋名為「細辛」的馬兜鈴科植物，趁空檔時間繞到知本森林遊樂園找朋友敘舊。聊天時一位女性遊客突然問我們：「請問你們知道這蕨類上的是什麼昆蟲嗎？」我與好友同時看往她手指的位置，發現一隻雄性樹皮螳成蟲趴在蕨葉上，讓我們感到非常驚訝，因為當時是寒冷的冬季，依照經驗來說，那時應該不會出現成蟲。

後來，我於 2013 年 5 月接待日籍學者於台東達仁地區進行昆蟲相調查，當陪伴學者下切至山坡旁一棵已枯死的樹幹上找尋鞘翅目昆蟲時，發現枯木樹皮表面有許多乾掉的苔蘚地衣，但是有塊地衣很特別，居然會移動，定睛一看竟是非常難以尋獲的樹皮螳雌性終齡若蟲，當時的驚喜興奮難以形容，突然像孩子般高聲喊出日文「亞達」（日文原意為太棒了、好極了），讓幾位日籍學者也笑得不可開支。

數小時後，該隻終齡若蟲蛻皮羽化為完整美麗的成蟲，這也是我第一次在野外記錄樹皮螳雌蟲。當月又在好友坤泰兄的幫忙取得同產地樹皮螳的雄蟲，才得以繁殖並完整地記錄樹皮螳的生態。

台灣螳大校閱

3 剛孵出的樹皮螳體色斑駁，具有偽裝效果。

4 四齡若蟲體色已有「樹皮、苔蘚」的樣貌了。

5 雌成蟲的外觀與雄成蟲最大的差別在於雌成蟲的腹部較寬大。

6 雄成蟲趴在樹皮上時讓人難以辨識。

7 身體與翅膀上的斑紋是牠可以隱身在環境中的關鍵。

8 樹皮螳正在威嚇時的樣貌。

花螳科 Hymenopodidae 　奇葉螳屬

# 角胸奇葉螳
# 丈八蛇矛頭上插

**學名** *Phyllothelys cornutum*

**體型** 中型螳螂，成蟲體長約 5-7 公分

**分布** 台灣東部至東南部山區

**棲息環境** 海拔 1,200 公尺至 2,000 公尺霧林帶

**生態特色** 目前台灣已知的螳螂中生態習性最為隱密的種類。每年只有夏季時的幾個星期能發現。雄蟲擅於飛行，夜晚常於路燈下活動，遇到騷擾時會將觸角朝前並注視對方。這十年許多螳友因自然觀察或生態攝影，對於本種螳螂的習性愈發了解，每年均可穩定發現雌蟲。世富兄提供資料表示，雌蟲會將螵蛸產於樹幹著生的苔蘚中，卵孵化後若蟲於樹冠頂層活動，因為體型、體色皆與地衣苔蘚類似，所以很難在自然環境中發現，但後來有玩家發現低齡若蟲會在人身高度以下的樹幹或樹叢活動。劉正凱先生為台灣第一位實際飼養過若蟲的玩家，但是皆在五齡時死亡，推測應該是無法營造原產地溫度、濕度與溫差而造成。2013 年曾有網友於 9 月份的拉拉山神木區步道上發現雌成蟲，並將拍攝的生態照傳給我確認種類，讓本種螳螂的發生季再往後延長至初秋。

**2**

1　翅脈上的紋路可偽裝為樹幹上的苔蘚。

2　角胸奇葉螳雄成蟲的臉部特寫。

**相遇日記**

　　2006 年好友江榮春在北橫觀察生態時，發現一盞路燈下有許多昆蟲在飛舞跳躍，靠近觀察後發現原來是一群雄性角胸奇葉螳圍繞在路燈旁。翌日劉正凱先生在該盞路燈附近發現雌成蟲（該路燈 2010 年後已被移除），我在隔週曾看過這隻雌蟲，外觀各項特徵比起雄蟲更為誇張，無論是頭上的角狀突起，或中後足與腹部邊緣的葉狀突起。然而，當下並沒有特別的在意。

　　2008 年後我開始使用相機記錄生態，曾多次想要拍攝本種螳螂，在每年預測的發生期都固定往山區找尋，曾一個月跑了 10 趟。試算單趟 300 公里（早上由桃園出發到台北上班，下班後走國道五號到宜蘭再轉往北橫，結束後由桃園大溪回家）當月份就跑了近 3,000 公里。直到 2012 年，才如願攝得夢寐以求的生態照，但我並未停止追逐，因為尚未在野外發現雌蟲，也未能記錄若蟲與螵蛸，所以還需要努力不懈與好運氣的加持，才有可能達成這個夢想。

3　體態纖細美麗，各部位都相當精緻。

4　在前胸背板上左右各一的角狀突起是其「角胸」名稱的由來。

5　遇到干擾時展翅威嚇的動作。

6　「螳臂擋車」的動作展現捕捉足內側的鮮豔色彩。

7　雌蟲沐浴在晨曦下的美景讓人陶醉。

8　進食中的樣貌。

花螳科 Hymenopodidae　奇葉螳屬

# 魏氏奇葉螳
# 神龍教主現原型

**學名** *Phyllothelys werneri*

**體型** 中型螳螂，成蟲體長約 5-7 公分

**分布** 台灣全島

**棲息環境** 海拔 600 公尺至 1,800 公尺山區

**生態特色** 盛夏是本種螳螂最活躍的季節，常可見雄蟲於山區路燈下飛舞、捕食昆蟲。剛由卵中孵化的若蟲體色為黑褐色，頭上角狀突起非常明顯，複眼巨大並且有彩色紋路，常倒掛於樹枝上捕食經過的昆蟲。脫皮成長後體色逐漸變為褐色，並且充滿斑點，遇到威脅時會呆立於原地偽裝為枯枝，如果持續受到騷擾會馬上收緊六足，假死掉落以躲避危險。成蟲後體色為褐色至淺褐色，斑紋近似樹枝或森林底層的枯葉，步足上的葉狀突起也相當明顯，棲息在茂密的森林中剛好形成偽裝的作用。雌蟲體型較雄蟲大，頭部角狀突起也較雄蟲的誇張，雖然成蟲後有翅膀，但只能短距離滑翔。

1　魏氏奇葉螳雄性終齡若蟲的臉部特寫。
2　一齡若蟲頭上的角狀突起非常明顯。

**相遇日記**

　　烏來區福山村是我最常去探訪生態的地點。1999年夏季的傍晚下班後，常直接驅車前往找尋鍬形蟲。還記得過了信賢檢查哨後，往福山的方向左邊有個涼亭，涼亭旁的路燈常有各種昆蟲趨光聚集。一晚與友人再次前往找尋鍬形蟲時，眼尖的好友發現地上有根枯枝竟然會移動，馬上呼喚我一同觀察這奇怪的生物。這根枯枝立在地上並左右搖晃，突然間就飛起停在路燈旁的樹枝上，這時我們才看清楚這枯枝是隻螳螂。牠頭上的犄角吸引了我的注意，因為第一次發現頭上長角的螳螂，當時馬上聯想到周星馳的熱門電影《鹿鼎記二》中神龍教聖女龍兒的髮型，在當時留給我非常深刻的印象。

　　這幾年跑遍各地山區，見到這種螳螂的機會也越來越多，才掌握住牠們的發生季節與習性，並且在烏來發現雌蟲與其剛產下的螵蛸，總算將本種螳螂留下完整的紀錄。

台灣螂大校閱

3　二齡若蟲乍看下如樹枝。

4　雄性終齡若蟲身上可看到明顯的翅芽。

5　雄成蟲體型、體色皆像森林底層的枯枝腐植。

6　雌成蟲進食中，雄蟲趁機跳上背爭取交配機會。

7　這個貌似「巧克力」的物體其實是魏氏奇葉螳的螵蛸。

8　雌成蟲威嚇時展現出在捕捉足內側的色彩，頭上的角狀突起非常巨大。

跳螳科 Gonypetidae　異跳螳屬

# 名和異跳螳
## 森林底層殺戮客

**學名** *Amantis nawai*

**體型** 小型螳螂，成蟲體長約 2 公分

**分布** 台灣全島

**棲息環境** 低海拔山區森林底層

**生態特色** 又名微翅跳螳。我曾於北部低海拔山區觀察到雌成蟲在原木步道扶手的底端或於葉面下產卵，由此可知本種會選擇淋不到雨的場所來保護卵的安全。剛由卵中孵化的若蟲體型只有三公釐，外型像家中常見的小黃家蟻。若蟲在森林底層落葉堆中活動，以土壤中的小型動物為食，雖然體型嬌小，但捕捉獵物時的凶狠完全不遜於成蟲。轉齡後體色會逐漸變成淺褐色，並且布滿深褐色點班紋。成蟲後雌蟲雖有翅膀，但是退化為鱗片狀，不具飛行功能；而雄成蟲分成短翅型與長翅型，短翅型的雄蟲與雌蟲一樣，翅膀呈鱗片狀且沒有飛行能力，但長翅型的雄蟲飛行能力良好，觀察時可以特別注意此一有趣的差異。

1　三齡的名和異跳螳若蟲其體色依然保持紅褐色。

2　剛由螵蛸中孵出的名和異跳螳若蟲。

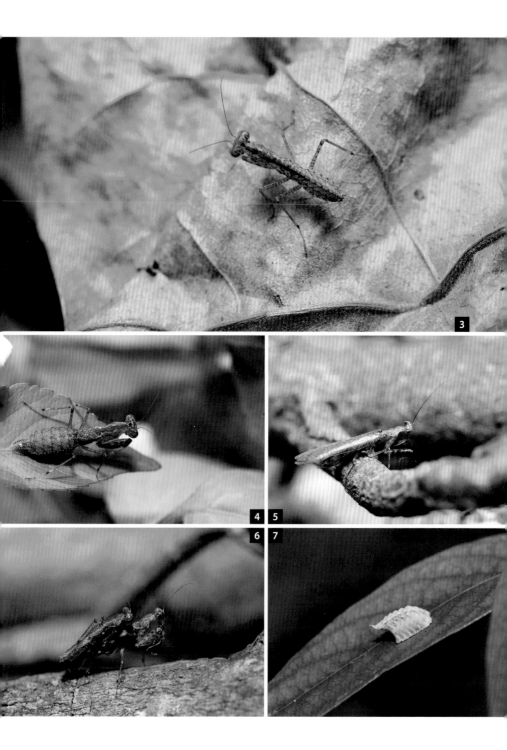

**相遇日記**

名和異跳螳是台灣最小的螳螂種類，但在野外遇到的機會實在不多，原因就是牠真的很小，而且身上的體色與枯枝落葉太像了。我直到有一次在新北市的安坑探訪生態時，無意間發現牠已孵化的螵蛸，才彎下腰做地毯式的搜尋，許多路過的登山客都用疑惑的眼光看著趴在地上的我，但我並不在意他們的眼神與關切，甚至滿手滿臉的小黑蚊（鋏蠓），重要的是正在找尋的目標。果然皇天不負苦心人，不久即發現前方的枯葉上有個小小的身影在移動，那是一隻名和異跳螳。

自此發現牠的機會就變多了，在台北富陽生態公園、新北市安坑、三峽、台中市八仙山、南投縣惠蓀林場、嘉義縣蘭潭、高雄市壽山、六龜扇平、花蓮縣光復林道等地都曾見到若蟲或是成蟲。應該是看過後的印象深植腦海中，所以在野外更能感受到牠們的存在吧！

8

3　名和異跳螳五齡若蟲體色已經與落葉相似。

4　雌成蟲背後可看到退化成鱗片狀的翅膀。

5　長翅型雄成蟲體態苗條。

6　短翅型雄蟲爭取到交配機會。

7　名和異跳螳的螵蛸非常小，大約5至8mm長。

8　捕食寄生蠅的錯位畫面非常有趣，讓人以為是新種昆蟲。

螳科 Mantidae　螳屬

# 薄翅螳
## 低頭狂奔南部客

**學名** *Mantis religiosa*

**體型** 中型螳螂，成蟲體長約 6-6.5 公分

**分布** 台灣中部以南至東南部

**棲息環境** 低海拔山區丘陵地、市區綠地

**生態特色** 由於若蟲型態與刀螳屬、汙斑螳屬非常相似，所以會給人稀有少見的假象。發現本種的環境多在住家周邊的草地與校園中，觀察時常能一起發現與刀螳屬混棲。若蟲剛孵化時身體細長，體色為綠至橘紅色，捕抓獵物慾望相當強烈，喜歡倒掛於禾本科植物如芒草莖上，等待獵物經過。羽化後身體顏色多為綠色、黃綠色或淺褐色，遇到危險時鮮少展翅威嚇，多以快速奔走的方式竄入草叢底層躲藏，或以摔落假死的方式閃避天敵。成蟲後除了可由體型外觀與刀螳屬、汙斑螳屬區分外，另一個辨識特徵為捕捉足內緣有一大型黑色斑紋，少數個體在黑斑內有一黃色色塊，周邊有許多黃色點狀斑紋。

1　雌成蟲攀附於植物上，腹部非常巨大。
2　剛孵出的薄翅螳身體布滿褐色斑點。

**相遇日記**

　　對於薄翅螳我實在記不起小時候有沒有見過，因為朋友們都說北部有，但是我到處觀察卻沒有在中部以北記錄過本種。

　　第一次看到牠是夏季末帶著家人到墾丁遊玩，夜晚在民宿旁的路燈下發現趨光的個體在燈下飛舞，觀察後發現捕捉足上的特徵確定是薄翅螳，附近的芒草上也都是本種的成蟲與若蟲，感覺上應該是當地的優勢種類。當月份在高雄幾個風景區也發現為數不少的薄翅螳，而且觀察到不同體色的變化，其中綠色型是多數。

　　後來台中的朋友在學校的綠地採集到一隻雌成蟲寄給我，經過一段時間的飼養順利產下螵蛸，並在三週後成功孵化。飼養到成蟲後，同批的成蟲也有各種體色的變化，算是完全記錄了本種螳螂的生態。

台灣螳螂大校閱

8

3　雄成蟲型態美麗，複眼上的橫紋非常明顯。
4　二齡若蟲體色稍淺，但還能看出複眼上的紋路。
5　四齡若蟲已可看出體色泛綠。
6　好運的雄螳得到交配的機會。
7　螵蛸的形狀特殊，容易與其它種螳螂分辨。
8　腿節上的黃斑與基節上的黑斑是薄翅螳的辨識特徵。

螳科 Mantidae　大刀螳屬

# 枯葉大刀螳
## 藏身莖葉背後躲

**學名** *Tenodera aridifolia*

**體型** 大型螳螂，成蟲體長約 7-9.5 公分

**分布** 台灣全島

**棲息環境** 中低海拔森林或市郊山區

**生態特色** 目前台灣螳螂中的刀螳屬記錄共有四種，野外觀察時較容易遇到本種。螵蛸相當巨大，孵化量超過百隻若蟲。若蟲身體細長，體色為淺褐色，頭部較為扁平，複眼上有一條紋，三至四齡後體色出現變化，分為褐色型與綠色型。本種遇到威脅時習慣平舉前足偽裝為枝葉狀，成蟲後前足基節靠近胸部呈青綠色或藍紫色，外觀猶如細長的樹枝。褐色型的成蟲前翅邊緣為綠色。雄蟲飛行能力良好，夜晚具有趨光性，喜歡停棲於高處。遇到天敵時常會高舉捕捉足，並將翅膀展開威嚇，同時會朝向敵人進行試探性的攻擊，直至敵人逃走或威脅解除為止。

1　四齡若蟲體長已可超過 4 公分，其體色也有分別（圖中為褐綠色型）。

2　枯葉大刀螳雄成蟲的臉部特寫。

**相遇日記**

　　在野外時常能發現大刀螳屬的成員。還記得有 2008 年夏天與好友阿凱、阿春一起到北橫觀察生態，由於前一晚是通宵觀察，所以我們在路邊休息，早上被刺眼的太陽光叫醒。我們在清晨涼爽的空氣中於林道周邊觀察，旁邊的草叢上倒掛著一隻大刀螳屬的終齡若蟲，我們也開心地拍照記錄。拍了幾張後發現旁邊的草叢上全部是大刀螳屬的終齡若蟲在等待羽化，這是我首次發現螳螂有群聚羽化的現象。

　　大刀螳屬的成員外觀皆非常相似，同一種類就有各種色型的變化，體型大小也有差異，種與種間的特徵分辨並不容易，包含採集到的同種交配產下的後代，養出的成蟲也有差異存在，如何真正區分大刀螳屬的螳螂，需要分類學者進一步的研究。

8

3　剛孵出的若蟲體型較其他種類大。
4　終齡若蟲夜晚在燈光下捕食趨光的蛾類。
5　褐色型雌成蟲對著好友的相機威嚇中。
6　褐色型雄蟲與綠色型雌蟲交配中。
7　褐色型的雄蟲前翅邊緣為綠色。
8　大刀螳屬的螵蛸上還有一隻來不及脫出的若蟲。

螳科 Mantidae　大刀螳屬

# 細胸大刀螳
## 細長精緻難發現

**學名** *Tenodera superstitiosa*
**體型** 大型螳螂，成蟲體長約 8-8.5 公分
**分布** 台灣南部
**棲息環境** 市區周邊綠地
**生態特色** 本種在野外的生態未明，目前僅於台南市新化、玉井與高雄市橋頭、鳳山、屏東墾丁有固定的觀察紀錄。棲息地主要為市區周邊公園或閒置綠地，植被狀態為低矮草本植物或灌木叢，主要發現成蟲時間為 8 至 10 月。由於並未記錄到螵蛸與若蟲，故無法完整描述其生態習性，僅能由棲息環境推論本種若蟲時期倒掛於草本植物莖葉上，善於捕食小型昆蟲。成蟲與枯葉大刀螳外觀比較，本種前胸背板明顯細長，捕捉足不像枯葉大刀螳厚實強壯，前足基節靠近胸部無任何色塊，是兩種螳螂的辨識方式。

1　細胸大刀螳雄成蟲的臉部特寫。
2　體型比一般大刀螳屬更為細長。

3

4

**相遇日記**

　　2013 年 9 月為了拍攝台灣獼猴的生態照前往高雄市壽山，於下午與張展榮先生約在旗津見面。主要是因為展榮兄與孩子一起飼養螳螂，想要了解該螳螂為何種，所以在臉書社團貼出牠的照片。看到照片的當下，就覺得與一般看到的大刀螳不同，所以與他聯絡，想要一探該種類的生態。

　　當天展榮兄交給我一隻母成蟲，仔細觀察後依照 2004 年〈台灣螳螂目之分類〉的描述資料比對，本種的前胸背板比一般發現的大刀螳更為細長，所以個人認為是細胸大刀螳，這也是我對本種的首次記錄。當年 10 月展榮兄再次記錄了細胸大刀螳雄成蟲，目前得知中部以南較有機會觀察到本種。

　　台灣記錄的大刀螳屬共有四種，除了上述兩種外，還有「中華大刀螳」與「狹翅大刀螳」，此外還記錄到一種擬大刀螳屬的「擬大刀螳」（*Tenodera capitata*），個人野外的觀察經驗中並未發現符合本種描述的個體，本種是否存在於台灣，需要多記錄觀察才能加以證實。

台灣螳大校閱

5

3　前胸背板形狀是「細胸」名稱的由來。
4　捕捉足較枯葉大刀螳纖細。
5　細胸大刀螳在高雄的棲息環境是住家周邊的空地。

螳科 Mantidae 斧螳屬

# 台灣巨斧螳
## 勇猛善戰斧頭幫

**學名** *Titanodula formosana*
**體型** 大型螳螂，成蟲體長約 7.5-9.5 公分
**分布** 台灣全島
**棲息環境** 低海拔森林至市區郊山
**生態特色** 又稱為台灣寬腹螳螂，與寬腹斧螳同樣常見，因為外觀非常相似，所以一般人無法區分。最簡單的方式是由捕捉足上的特徵或是前胸腹板的顏色來分辨兩種。本種前胸腹板為紅色，與寬腹斧螳的綠色不同。一個螵蛸正常可孵出數十隻體色為淡綠色的若蟲，捕捉獵物大膽積極，三至四齡時可以觀察到本種的捕捉足基節上有一列細小的棘刺，能夠明顯區分與寬腹斧螳的不同。成蟲後可捕食各種較大型昆蟲，雄蟲夜間常趨光至路燈下繞著燈光飛舞，並捕食同樣趨光的昆蟲。本種常被鐵線蟲寄生，推測牠們捕食的昆蟲應該是鐵線蟲的中間寄主，所以常於夏季水邊發現肚子被鐵線蟲鑽破，趴倒在地的螳螂。

1　本種雄成蟲經常被誤認為是薄翅大刀螳。
2　台灣巨斧螳雄成蟲的臉部特寫。

**相遇日記**

　　小時候的記憶就是台灣巨斧螳與寬腹斧螳這兩種斧螳陪著我長大，於台北市區的伊通公園、林森北路六條通、圓山飯店後山、六張犁墳墓山，似乎到處都可以發現牠們。隨著年紀增長，市區中慢慢難以發現牠們了，但是台北郊山與保留的綠地偶爾還能見到牠們熟悉的身影。小時候不懂這兩種斧螳怎麼分辨，只依稀覺得大小不同，後來才知道原來差異還蠻大的。

8

3　剛孵出的若蟲。
4　四齡若蟲的體色已呈現常見的綠色。
5　雄性終齡若蟲翅芽腫脹，準備羽化成蟲。
6　交配時雄螳壓低身形，小心翼翼。
7　螵蛸的形狀。
8　威嚇時可看到本種前胸腹板顏色為紅色，與寬腹斧螳不同。

螳科 Mantidae　斧螳屬

# 寬腹斧螳
## 身分難辨祕密客

**學名** *Hierodula patellifera*

**體型** 大型螳螂，成蟲體長約 5.5-6.5 公分

**分布** 台灣全島

**棲息環境** 低海拔森林至市區郊山

**生態特色** 一般人最常看到的螳螂就是本種，又稱為寬腹螳。寬腹斧螳的生命力極強，海濱防風林至市區周邊郊山、校園綠地到未開發的原始森林都能發現。本種的螵蛸可以孵出數十隻若蟲，若蟲的獵捕能力非常好，常能發現牠們倒掛於樹枝或是葉面下，捕食小型葉蟬或是雙翅目昆蟲。大約三齡至四齡時前足基節上的黃色突起物即明顯可見，這是若蟲時期分辨寬腹斧螳與台灣斧螳的重要特徵。成蟲時體色多為綠色，偶爾可以發現黃色或是迷彩色，能捕食較大型昆蟲或蜥蜴。本種也是時常發現被鐵線蟲寄生的螳螂種類之一，每年的 6 至 9 月常見到靠近水邊，由腹部竄出鐵線蟲的個體。

1 迷彩型雌成蟲捕食熊蟬。

2 剛孵出的若蟲體型雖小，但是活動力十足。

**相遇日記**

在台灣記錄的四種斧螳屬成員，除了本文及前文介紹的兩種外，還有「雙突斧螳」與「蘇氏斧螳」，看過 2004 年〈台灣螳螂目之分類〉對這兩種的描述後，再回頭比對曾經觀察過的寬腹斧螳，發現寬腹斧螳的大小其實差異很大，同產地同種的身體長度差異可達 2 公分，前胸腹板上的橫帶也不是穩定的性狀特徵，捕捉足基節上的黃色突起亦非固定的數目，個人觀察過 2 至 5 個突起，甚至兩臂上的突起數目不同。這些觀察的經驗與文獻上的資料差異很大，須等待分類學者來釐清。

8

3  三齡若蟲已有「寬腹」的樣貌。
4  五齡若蟲已可看出前臂基節上的黃色突起。
5  威嚇時前胸腹板，捕捉足基節上的黃色突起與台灣斧螳明顯不同。
6  努力找尋雌蟲生殖瓣的雄蟲。
7  寬腹斧螳的螵蛸。
8  捕捉足基節上的黃色突起數目並不固定。

螳科 Mantidae　汙斑螳屬

# 汙斑螳
## 色型多樣變色龍

**學名** *Statilia* sp.

**體型** 中型螳螂，成蟲體長約 5-7 公分

**分布** 台灣全島

**棲息環境** 中低海拔山區

**生態特色** 本屬為常見的螳螂，又稱為「靜螳」，主要棲息於灌木叢中。剛由螵蛸中孵化的若蟲體色充滿不規則的黑色斑紋，中後足黑色、淺褐色相間，複眼巨大並有淺色條紋，如果沒有仔細觀察，很難在野外發現牠的行蹤。成長蛻皮後黑色斑紋逐漸變小或消失，約四齡後前足基節上的特徵開始顯現，成蟲後體色為淺褐色至深褐色、綠色，野外觀察時曾發現棕色雄蟲與綠色雌蟲交配。前足基節上有一明顯可見的黑色斑紋，腿節上黑色斑紋內有黃色色塊，前胸腹板上有一黑色橫帶。雄蟲夜晚具有趨光性，常於燈下發現，雌蟲無明顯趨光性，多為隨機發現。

**2**

1　棕色型雄蟲與綠色型雌蟲進行交配。

2　汙斑螳雄成蟲的臉部特寫。

**相遇日記**

在台灣記錄的三種汙斑螳屬成員，分別為「棕汙斑螳」、「綠汙斑螳」及「小汙斑螳」。由於在野外多次目擊棕色型汙斑螳與綠色型汙斑螳交配，仔細觀察後發現兩隻不同色型卻特徵相似，所以確定汙斑螳有綠色型。另外繁殖汙斑螳時產出的後代也有色型之分，這代表體色是不穩定的特徵。

觀察棕色型汙斑螳時發現棕色的連續變化相當有趣，2010 年於台南山區觀察到數隻汙斑螳的雌、雄成蟲，顏色有深褐色、淺褐色、土黃色，而且體型差異極大，確定本種成蟲的體色為多變型，前胸腹板上的黑色橫帶有無也在變異範圍內。另有學者紀錄的小汙斑螳，個人在野外尚無觀察紀錄，比對台灣螳螂研究公會（臉書社團）廖啟淳先生整理分享的資料，小汙斑螳的體型比汙斑螳小，捕捉足基節上的黑色斑紋較大，腿節上的黑黃色眼班也不同，前胸腹板上無黑色橫帶。這些差異是否真的為種與種間的差異或是在變異範圍內，需要更多的觀察紀錄。

**8**

3　剛孵出的汙斑螳體色為「棕汙」色。
4　深棕色型終齡若蟲。
5　淺棕色型終齡若蟲。
6　交配中的雌雄皆為棕色型。
7　產於葉背的螵蛸。
8　綠色型雌成蟲。

1 威嚇中的雌成蟲,前胸腹板兩側各有一列黑色點狀斑紋,也是辨識特徵之一。

2 剛孵出的若蟲體型較長且頭部扁平。

3 半翅螳雄成蟲臉部特寫。

螳科 Mantidae　半翅螳屬

# 翼胸半翅螳
# 月圓怪客半翅螳

**學名** *Mesopteryx alata*
**體型** 大型螳螂，成蟲體長約 8.5-10.5 公分
**分布** 台灣西部、蘭嶼
**棲息環境** 低海拔山區森林或次生林邊緣
**生態特色** 因為半翅螳的外表與大刀螳屬相當類似，以往發現時常被誤認為是刀螳，尤其若蟲型態與刀螳屬幾乎無法分辨，所以直到 2009 年才有較為正式的紀錄。本種螳螂頭部扁平，喜歡於芒草間活動，通常會倒掛於芒草莖葉上，捕抓經過的昆蟲。牠們最大的特色在於雌蟲體型非常巨大，但成蟲後翅膀僅能蓋住三分之二的腹部，雄蟲成蟲後翅膀也無法完全蓋住腹部，所以稱為半翅螳。雄成蟲體型細長約 7 至 8 公分，飛行能力良好，夏末秋初山區路燈下偶爾可見（蘭嶼的觀察紀錄為春末至盛夏）。交配時會突然跳到雌蟲身上，壓低身形並以一對捕捉足牢牢抓住雌蟲的前胸背板以利交配。

2 3

**相遇日記**

　　第一次觀察到本種是 2006 年 5 月在蘭嶼,那天傍晚於公路旁的森林中觀察時,發現一隻螳螂倒掛在樹幹上埋伏等待獵物,當下認為應該是大刀螳屬的種類,所以並沒有特別注意。只是覺得為什麼牠的頭部特別扁平而且翅膀很短,是不是因為羽化失敗造成後翅捲曲而變形?

　　我開始對記錄台灣螳螂產生興趣後,便在網路上到處搜尋有關的觀察資訊。在一篇部落格文中看到有趣的標題「月圓怪客」,這位部落格友夜間觀察時發現了一種沒看過的螳螂,這種螳螂的翅膀沒有蓋過腹部,與他之前看過的種類不同,而當天又是月圓之夜,所以將這隻螳螂稱為月圓怪客。看完後我才猛然想起自己在蘭嶼的經驗,原來當時看到的就是牠。後來又有朋友在蘭嶼作物種調查時採集到本種螳螂,我有幸取得剛孵出的若蟲,便開始漫長的飼養紀錄。

　　數月後若蟲羽化成蟲時發現,雌成蟲確實與我在蘭嶼看到的特徵一樣,「扁平的頭部、無法完全覆蓋腹部的翅膀」。後來網路上陸續有人拍到這種螳螂,除了蘭嶼之外,都侷限於台灣西部平原,而且大部分停棲在芒草上。直到 2012 年才由《香港螳螂》作者之一的植兆麟先生由網路上的照片鑑定本種為分布於菲律賓的「翼胸半翅螳」,本種應為台灣的新紀錄種。2013 年 9 月自然生態同好林青峰先生也在北部平原拍到本種的雌成蟲。由以上的紀錄資料可以顯示,本種螳螂成蟲的季節在蘭嶼為春季,台灣本島大概在夏末秋初,想觀察的人可以在這段時間出門找找看。

4　三齡若蟲可看出頭部以及其他種螳螂的不同。

5　終齡雄成蟲翅芽腫脹,即將羽化成蟲。

6　雄成蟲的翅膀雖然較長,但一樣無法完全蓋住腹部。

7　雌成蟲的翅膀無法完全蓋住腹部,這是半翅螳最重要的特徵。

8　由側面可以看出與大刀螳屬粗壯的體型相差很大。

9　螵蛸的形狀與刀螳屬、斧螳屬不同。

# 世界螳螂大觀園

目前已知的螳螂約 2,400 種，分布於
世界各地。為了適應環境或氣候，
每種螳螂都有牠們的獨家祕技，有
的擅長忍者的隱身術，可以隨時
躲藏；有的喜好華麗的裝扮，深怕
自己獨特的美無法向世界展現。到
底牠們各有什麼絕招，就讓我們來
一一揭開神祕的面紗。

7

**自然偽善者**
我就是喜歡忽隱忽現，
玩弄獵物於股掌之間

**學名** *Archimantis latistyla*
**體型** 大型螳螂
**分布** 澳洲

# 澳洲樹枝螳

**生態特色** 曾在網路上看到一張本種的生態照，畫面中滿滿的樹枝，並沒有看到螳螂，後來由拍攝者說明後才知道牠的位置。本種在澳洲俗名為 Sticker Mantis，就是「樹枝螳螂」。顧名思義，牠的長相與樹枝一樣，全身細長，與非洲樹枝螳完全不同，體色也跟著偽裝成樹枝的淺褐色，主要分布在澳洲沿岸的省份，喜愛冷涼的環境。在澳洲的夏天（每年 11 月）會由螵蛸中孵化，到隔年成蟲後再次循環。實際飼養時發現，本種確實喜愛偽裝成樹枝狀，遇到干擾時會平趴在樹枝上，或是搖晃身軀偽裝成被風吹動的樹枝，因為成蟲體長將近 10 公分，所以五至六齡後需要特別注意容器的空間，避免因為高度不足而造成脫皮的問題。

1

1　進食中的雄成蟲。
2　雌成蟲的翅膀無法完全蓋住腹部，與半翅螳類似。
3　四齡若蟲與樹枝非常相似。
4　雄成蟲臉部特寫。
5　本種的尾毛形狀特殊。

**自然偽善者**
我就是喜歡忽隱忽現，
玩弄獵物於股掌之間

**學名** *Haania vitalisi*
**體型** 小型螳螂
**分布** 海南島

# 海南角螳

生態特色 去中國海南島之前就知道當地有種特別的螳螂，據說是非常古老的種類，尤其是捕捉足脛節前端有「端爪」這個特徵。所以我到了海南島後便將牠設定為第一個找尋的目標。皇天不負苦心人，幾經曲折後終於看到本種的真面目，與一般頭上長犄角的螳螂不同，牠的複眼內側各有一個角狀突起，是讓人過目不忘的特徵。但讓人驚奇的還不只這樣，牠的體表顏色簡直就像苔蘚一樣，在棲息的環境中形成絕佳的保護色。本種的螵蛸非常小，若蟲孵出時只能取食跳蟲，三齡後身體上的突起變得非常明顯，尤其是背部的葉狀突起配上斑斕的苔蘚體色，絕對是自然界中最厲害的擬態昆蟲之一。成蟲後雄蟲具有飛行能力，夜晚常趨光至燈光處，雌蟲雖有翅膀但僅能短距離跳躍滑翔。本種較適合具有足夠經驗的昆蟲玩家飼養。

1

端爪

1　成蟲身上的色彩和花紋與環境融為一體。
2　雄性終齡若蟲外觀有如苔蘚樹枝。
3　雄成蟲的臉部特寫。
4　捕捉足上的「端爪」是本種的特徵。
5　身上具有許多偽裝用的突起。

**自然偽善者**
我就是喜歡忽隱忽現，
玩弄獵物於股掌之間

**學名** *Deroplatys desiccata*
**體型** 大型螳螂
**分布** 馬來西亞

# 勾背枯葉螳

**生態特色** 本種是三種枯葉螳中體型最大的種類，看前胸背板的形狀就能知道名字的由來。第一次在馬來西亞發現時並不是因為發現牠，而是覺得這片枯葉上怎麼會有一張惡魔的臉，當靠近想要看清楚時，牠突然轉身對我威嚇，前翅內側上的花紋像眼睛般，確實讓我嚇一跳，但馬上取而代之的是發現的喜悅，因為找到枯葉螳真是不容易呀！本種一齡若蟲前胸邊緣比菱背若蟲較寬大，且形狀也不同，可做為區分。飼養時比照菱背的方式即可，但是空間需要加大，而且枯葉螳把雄蟲吃掉的機會非常大，這是交配繁殖時要特別注意的。還有一種「三角背枯葉螳」與本種勾背枯葉螳混棲，因為前胸背板的形狀與勾背很像，之前被當成勾背枯葉螳的個體變異，但是實際觀察後，發現這種枯葉螳的前胸背板為三角型，這也是牠中文俗名的由來。雖然在雨林中曾努力找尋這罕見的種類，但是數量似乎十分稀少，也未曾見過雄蟲，希望未來的旅程中能順利探訪牠們的生態。

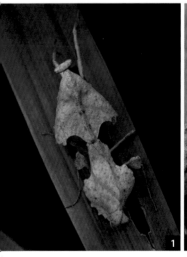

1　三角背枯葉螳（*Deroplatys trigonodera*）是非常稀有少見的種類。
2　三種枯葉螳中，本種雄成蟲的體型最大。
3　雌成蟲的前胸背板有一張臉，您看到了嗎？
4　若蟲即具有勾背的特徵。
5　雄成蟲的臉部特寫。
6　威嚇中的雌成蟲，前翅的眼斑栩栩如生。

**自然偽善者**
我就是喜歡忽隱忽現，
玩弄獵物於股掌之間

**學名** *Deroplatys lobata*
**體型** 大型螳螂
**分布** 馬來西亞

# 菱背枯葉螳

**生態特色** 本種與「勾背枯葉螳」、「眼鏡蛇枯葉螳」為東南亞最有名的三種枯葉螳。還記得第一次發現菱背枯葉螳螂就是在婆羅洲的雨林中，當時覺得牠真是不可思議的種類。牠倒掛於步道旁的樹枝上，應該是等著捕捉森林底層的昆蟲吧！枯葉螳遇到威脅時相當容易展翅威嚇，捕捉足與後翅的花紋美麗豐富，與低調的外表形成極大的反差。當地朋友說，菱背枯葉螳有個很特別的行為，雌成蟲產完螵蛸後會守在旁邊護卵，這讓我更想深入雨林中了解牠的生態世界。本種的前胸背板為菱形因而得名，實際飼養時發現剛由螵蛸中孵出的若蟲體型較瘦長，前胸兩側突起的形狀已經可以與另外兩種枯葉螳的若蟲區分。本種食量大並且喜歡飲水，須隨時補充食物及飲水，飼養環境只要通風涼爽，在底層放置海綿塊保持濕度即可順利成長。

1 雄成蟲的臉部特寫。
2 雄成蟲的前胸背板完全符合「菱形」的形狀。
3 四齡若蟲前胸背板形狀非常特別，與「菱形」不太相同。
4 威嚇高舉雙臂時才顯現豔麗的顏色。
5 深褐色雌成蟲停在森林底層等待獵物經過。

**自然偽善者**
我就是喜歡忽隱忽現，
玩弄獵物於股掌之間

**學名** *Deroplatys truncata*

**體型** 中型螳螂

# 眼鏡蛇枯葉螳

**分布** 馬來西亞

**生態特色** 三種枯葉螳中體型最小、數量也較少的一種，由於牠的前胸背板形狀如眼鏡蛇被激怒後頭部拱起的樣子，加上背板上左右各有一個眼狀斑紋因而得名。本種的成蟲前翅就像一片真正的枯黃落葉，上面的葉脈栩栩如生，若不是親眼看到牠螳螂般的樣貌，真會以為是片枯葉。本種棲息在低海拔森林底層，常倒掛於靠近植物根部的枝條上，或是站立在枯葉上保持靜止不動，讓自己完全融入自然環境中，等著獵捕經過的動物。野外實地觀察時發現，成蟲分成黃色與褐色型。本種若蟲剛孵出時就能與另兩種枯葉螳明顯分辨，因為前胸背板形狀完全不同，飼養時只要給予足夠食物與水分便可順利成長，若蟲受到干擾，時常靠著容器邊緣，偽裝成枝葉或倒地假死，相當有趣。

1 二齡若蟲即可明顯看出與其它枯葉螳的差異。

2 在三種枯葉螳中，本種的雄成蟲體型最小。

3 高舉雙臂威嚇中的雌成蟲。

4 眼鏡蛇枯葉螳的前胸背板像不像「眼鏡蛇」呢？

5 五齡若蟲的前胸背板相當寬大。

### 自然偽善者

我就是喜歡忽隱忽現，
玩弄獵物於股掌之間

# 微箭直胸螳

**學名** *Orthodera ministralis*
**體型** 小型螳螂
**分布** 澳洲

**生態特色** 還記得好友世富兄告訴我，日本小笠原諸島的父島上有種非常特殊的小型花螳螂，前胸背板的形狀為長方形，但是到父島的船班很少，所以無法見到牠們的生態。後來朋友取得產於澳洲的本種螳螂與我分享，當我第一眼看到這種螳螂若蟲時，想起世富兄說過的那種父島螳螂，前胸背板同為長方形，難道這兩地相隔遙遠的螳螂有什麼關聯嗎？2013 年與日本學者高橋敬一博士聊起父島的螳螂，希望有機會能見到這特別的種類。高橋博士回日本後，幫我探詢一位住在小笠原諸島的知名自然攝影師大林隆司先生，並附上一張攝於當地的生態照：一隻前胸背板為長方形的螳螂終齡若蟲停棲於植物莖上。高橋博士於信中提及目前小笠原諸島已經提升為國家公園等級的地區，如果沒有相關研究計畫與學術單位申請是不可以進入的。此外，他還提到父島的這種螳螂（他們稱為南洋螳螂）其實是人為的外來種，要我忘掉這種螳螂，因為這只是個不值得一提的物種。後來根據旅居澳洲的蘇愿之先生提供的訊息，本種螳螂主要棲息在澳洲的低矮灌木叢或是住家花園的草地上，所以當地俗稱 Garden mantis（花園螳螂），是當地常見的種類。到底父島上的螳螂與產於澳洲的本種是否有關連？這也許要花更多的時間去解謎吧。

1　體色對比鮮明的一齡若蟲。
2　四齡若蟲的前胸背板可以明顯看出「方」的形狀。
3　雌成蟲與剛產下的螵蛸（蘇愿之攝影）。
4　雌成蟲的捕捉足腿節內側具有明顯的藍色斑紋（蘇愿之攝影）。
5　棲息在日本父島的直胸螳終齡若蟲生態照（大林隆司攝影）。
6　直胸螳平趴在植物莖上的生態照（大林隆司攝影）。

1

2

3 4

5 6

**自然偽善者**

我就是喜歡忽隱忽現，
玩弄獵物於股掌之間

# 幽靈螳

**學名** *Phyllocrania paradoxa*
**體型** 中型螳螂
**分布** 非洲大陸、馬達加斯加

**生態特色** 螳螂界鼎鼎大名的 Ghost Mantis，直譯為「幽靈螳螂」，用這樣的英文名稱形容牠維妙維肖的偽裝。細看牠的樣貌如乾枯的樹葉，所以過去曾被稱為「幽靈枯葉螳」。本種是玩家必定飼養體驗的種類，牠的體色外觀完全偽裝成枯葉狀，無論是頭上的角狀突起，捲曲的前胸邊緣，中、後足與腹部旁的葉狀突起，還有顏色斑駁的前翅，倒掛在樹枝上時就像片枯葉般。很有趣的是，這片枯葉會突然回過頭來觀察，然後轉身繼續裝模作樣，等不知情的昆蟲經過，馬上以迅雷不及掩耳的速度捕食。若蟲剛孵出時為黑褐色，頭上已經可以看出角狀突起，喜歡捕捉小飛蟲，待成長至三齡後即可由頭部突起看出雌、雄的分別，成蟲後的體色有深褐至淺褐色還有綠色等，相當多變，飼養時只需注意冷涼通風及足夠食物即可。

1

1　交尾中的牠們仍不忘警戒，轉頭望著我。
2　雄成蟲的臉部特寫。
3　終齡雌性若蟲遇到干擾時將腹部貼緊身體靜止不動。
4　倒掛在樹枝上的五齡雄性若蟲如同枯葉般。
5　雌成蟲身上的綠色花紋與環境融合在一起。

## 自然偽善者

我就是喜歡忽隱忽現，
玩弄獵物於股掌之間

# 非洲樹枝螳

**學名** *Popa spurca*

**體型** 大型螳螂

**分布** 非洲

**生態特色** 本種是螳螂界的偽裝高手之一，有別於枯葉螳偽裝成葉子，牠的外觀就像樹枝一樣。剛由卵中孵出的若蟲體色為深褐色，已經具有小樹枝的外觀，遇到干擾時會馬上暫停動作，並且將前足往前伸，擬態為樹枝狀，等待片刻後才繼續活動。複眼的美麗條紋在蛻皮成長至三齡後消失，取而代之的是馬賽克般的花紋，這時背部與腳上的突起物變得更明顯，靜止不動時還真讓人以為是根樹枝。雄成蟲具有長翅，善於飛行，雌成蟲翅膀無法完全覆蓋腹部，所以不具有飛行能力，遇到干擾時會將黑色花紋的前、後翅揚起威嚇。本種是相當健壯的種類，飼養時各種昆蟲餌料來者不拒，喜歡乾燥涼爽的環境，非常適合初學者體驗。

1

1　雌成蟲威嚇時才能看到後翅美麗的花紋。
2　交配中的非洲樹枝螳乍看之下如同兩根真的樹枝。
3　進食中的二齡若蟲。
4　長翅型的雄成蟲善於飛行。
5　雌成蟲的臉部特寫。
6　非洲樹枝螳的螵蛸很像咖啡餅乾。

**自然偽善者**
我就是喜歡忽隱忽現，
玩弄獵物於股掌之間

# 頂瑕螳

**學名** *Spilomantis occipitalis*
**體型** 小型螳螂
**分布** 海南島、香港

**生態特色** 又名毛螳。第一次發現本種螳螂是在海南島的尖峰嶺保護區，傍晚天氣稍涼時，我在民宿旁邊的木棧道上找尋昆蟲，落葉堆中傳出細微的聲音引人回頭找尋。牠由葉子跳上木棧道支柱，嬌小可愛的外型乍看之下與名和異跳螳非常相似。當我趨前觀察時，牠先快步爬行後跳下落葉堆中，再短距離飛起至不遠處，花了點時間才拍到牠的樣貌。本種的體色與翅膀為深褐色，複眼上有一條白色橫紋，觸角為黑白相間，可與名和異跳螳區分。實際飼養時發現剛孵化的若蟲就具有上述特徵，並且若蟲樣貌與螞蟻非常相似，果然與名和異跳螳的生態習性相仿。飼養空間不需太大，但容器中請放置枯葉與樹枝方便攀爬。一至三齡飼養時以跳蟲作為餌料即可，四齡後皆以果蠅餵食並單隻分開飼養，避免相互捕食的情況發生。

1　剛孵出的一齡若蟲與名和異跳螳相同體色。
2　本種螵蛸與名和異跳螳的螵蛸大小非常類似。
3　雄成蟲體色非常適合在森林底層活動。
4　雌性終齡若蟲停在蕨類上，等待獵物經過。
5　雌成蟲進食中。

**高腳辣妹幫**

只要你能逃過我的手掌心，
我就搖給你看！

**學名** *Brunneria borealis*

**體型** 大型螳螂

**分布** 美國

# 美國大草螳

**生態特色** 本種分布於美國亞利桑那州、德州、佛羅里達州與加拿大，主要棲息於草地與低矮灌木叢中，為目前已知螳螂界中唯一孤雌生殖的種類。飼養後才知道本種的特色為螵蛸中的若蟲不會一次全部孵出：取得螵蛸後置於容器中，數週後孵出六隻若蟲，本以為一顆螵蛸產量僅如此，但隔週後發現放置螵蛸的容器中又出現若蟲，這才發現本種的螵蛸會連續孵化，期間可長達半年。剛孵出的若蟲為褐色，可餵食殘翅果蠅。三至四齡後體色轉為草綠色，以蒼蠅餵食即可。成蟲約 10 公分，翅膀退化故僅能步行，因為外觀與竹節蟲非常相似，所以也稱為「北美竹節螳」。

1

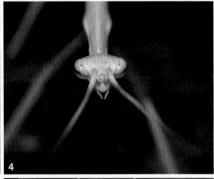

1　二齡若蟲體色為咖啡色，正在
　　捕食昆蟲。
2　體型細長與竹節蟲類似，所以
　　又有「竹節螳」的名稱。
3　捕捉足腿節上有許多稜角，是
　　本種的特色之一。
4　五齡雌性若蟲臉部特寫。
5　本種的觸角又粗又長，外觀非
　　常特別。

**高腳辣妹幫**

只要你能逃過我的手掌心，
我就搖給你看！

**學名** *Euchomenella macrops*

**體型** 大型螳螂

**分布** 馬來西亞

# 馬來長頸螳

**生態特色** 本種棲息於馬來西亞的低海拔雨林中，因為前胸的長度非常誇張，所以有「長頸螳」的中文俗名。網路上流傳本種應是世界已知的螳螂中身體長度最長的種類，但實際上我在馬來西亞的雨林中觀察過極為特別的 *Toxodera sp.*（箭螳屬）成蟲身體長度超過 13公分，當地友人更說箭螳可以超過 15 公分，雖然沒有真正看過，但可以想像雨林中還有太多未知。實際觀察長頸螳時，確實會被牠獨特的外型吸引，中、後足也相當細長，雌成蟲翅膀為短翅型而無法飛行，雄成蟲長翅且飛行能力良好。丈量體長後發現，本種的雌成蟲大約 11 公分，野外也許有更長的個體。實際飼養後發現，剛孵出的若蟲體長就比其他種類大上一號。使用一般果蠅即可飼養至三齡。由於本種體型因素，需要挑選較寬大並且夠高的容器飼養，以避免脫皮時空間不足而造成肢體變形，甚至死亡的問題發生。

1

2

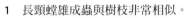

3 4

5

1　長頸螳雄成蟲與樹枝非常相似。
2　雌成蟲遇到干擾時靜止不動，偽裝
　　成枯枝。
3　剛孵化的一齡若蟲可看出前胸背板
　　比例較長。
4　雌成蟲臉部特寫。
5　剛產下的螵蛸為銀白色，約三小時
　　後定色為咖啡色。

**高腳辣妹幫**
只要你能逃過我的手掌心，
我就搖給你看！

# 小提琴螳

**學名** *Gongylus gongylodes*
**體型** 大型螳螂
**分布** 印度、斯里蘭卡

**生態特色** 小提琴螳一直是螳螂界的大明星，網路上有許多本種的生態照，牠的頭上有個形狀像飛鏢的角狀突起，前胸背板如小提琴手把的樣子最讓人津津樂道，細長的中、後足各有一個大型的葉狀突起。曾聽好友廖大哥說他去斯里蘭卡時，在大熱天的灌木叢中發現這種螳螂倒掛在植物上，被驚動時身體馬上左搖右晃，模擬被風吹動的樣子相當有趣，聽完後讓我好想去找尋這種明星螳螂。實際飼養本種螳螂時被那非常精緻的螵蛸吸引，到底是什麼樣的奇妙種類會產下如此外觀的螵蛸？若蟲孵化時體色潔白、體形苗條，給予牠們殘翅果蠅即會捕食。四齡後體色轉成褐色後，外形越來越美麗。成蟲的樣貌最大的差異在於雄成蟲的觸角為羽狀觸角。飼養本種最重要的是掌控好溫度，至少要維持在 30 至 35 度以上，若溫度太低會造成消化不良而出現發育滯育的問題。

1 2

1　六齡若蟲的臉部特寫。

2　小提琴螳的螵蛸如藝術品般美麗。

3　小提琴螳特殊的體態讓許多玩家為之瘋狂。

4　身上與步行足皆有葉狀突起。

5　只要空間夠大，雌雄成蟲可群養（蘇愿之攝影）。

## 高腳辣妹幫

只要你能逃過我的手掌心，
我就搖給你看！

## 大魔花螳

**學名** *Idolomantis diabolica*
**體型** 大型螳螂
**分布** 非洲

**生態特色** 第一次知道本種美麗的螳螂是在日本知名生態攝影師今森光彥的《世界昆蟲記》，書中提及非洲維多利亞湖畔有種非常美麗且大型的螳螂，生態照是湖畔旁長滿刺的植物（刺槐）上，一隻倒掛在樹枝上的螳螂揚起前、後翅，高舉前臂展現豔麗的顏色，那不可思議的樣貌讓我難以忘懷。魔花螳是目前已知花螳中體型最大的一種，成蟲豔麗的體色，形狀誇張的前胸背板，中後足上巨大的葉狀突起都是牠的特色。剛由螵蛸中孵出的若蟲頭上可見誇張的犄角，體色為黑紫色，喜歡到處走動，推論也是擬態成螞蟻。二齡後體色變為褐色，只有頭部還是紫色。三齡後中、後足與腹部的葉狀突起變得明顯，五齡後前胸背板的誇張外型即已顯現。養到成蟲需要耗費許多時間，最重要的是溫度的掌握，太冷會造成食物不易消化、成長遲緩的現象；羽化成蟲後另一個難關是交配繁殖，所以魔花螳算是現有玩家流通的種類中難度最高的一種，比較適合飼養經驗豐富的玩家嘗試。

1 2

1　雌成蟲的臉部特寫。
2　中後足基節上的葉狀突起。
3　威嚇時豔美的體色出現。
4　體態優美的終齡若蟲。
5　腹部邊的葉狀突起。
6　成蟲擁有漂亮體色。

高腳辣妹幫
只要你能逃過我的手掌心，
我就搖給你看！

# 越南阡柔螳
# 海南亞種

**學名** *Leptomantella tonkinae hainanae*
**體型** 中小型螳螂
**分布** 海南島

**生態特色** 第一次觀察到本種是在海南島尖峰嶺，發現雌成蟲倒掛於葉子下，旁邊還有牠產下的數顆螵蛸。本種螳螂體態細長，體色為淺綠色，前胸背板上有黑色斑紋，翅膀為白色，相當素雅美麗。仔細觀察後發現幾個螵蛸尚未孵化，推測本種螳螂應有保護螵蛸的行為，當天還見到許多成體倒掛於葉下。實際飼養發現若蟲孵出時全身為透明的白色，這時提供殘翅果蠅餵食，待獵捕進食後透過身體可以看到食物的顏色。脫皮成長至三齡後，體色開始轉變為淡黃色，移動時喜歡先左右晃動後跳躍前進，若蟲與成蟲都喜歡倒掛於飼養容器的頂部或是布置於內部的樹枝上，與野外觀察相符。

1 2

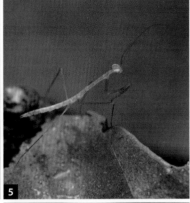

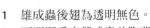

1　雄成蟲後翅為透明無色。
2　可明顯看出雌成蟲前胸背板上的黑色斑紋。
3　雌成蟲守在產滿螵蛸的葉子下。
4　六齡雌性若蟲身體細長。
5　剛孵出的若蟲身體為半透明。
6　雌成蟲的臉部特寫。

**高腳辣妹幫**
只要你能逃過我的手掌心，
我就搖給你看！

# 德州獨角螳

**學名** *Pseudovates chlorophaea*
**體型** 中大型螳螂
**分布** 美國

**生態特色** 第一次在網路上看到玩家分享本種時就被本種的外觀吸引，頭上的犄角、高挑迷人的腿部線條，配上漂亮的體色，讓我一直無法忘懷。本種的產地為美國德州臨近墨西哥的地區，這應該是中文俗名的由來。主要棲息於沙漠地區的植物上，曾是玩家間極稀有的種類，人工飼育後種源才得以流通，也讓我有機會體驗本種的生態過程。實際飼養時發現剛孵出的若蟲即具有上述特色，體色為褐色充滿斑紋，中後足較為細長，移動時身體會左右搖晃，看起來相當有趣。成長至三齡後特徵更為明顯，尤其是中後足脛節、腿節的弧度更為彎曲，成蟲後雌、雄皆具有翅膀，前翅顏色為草綠色，相當美麗，適合有經驗的玩家飼養。

1

1 四齡雄性若蟲與樹枝、藤蔓融為一體。

2 雌性終齡若蟲在遇到干擾時，靜止不動玩起「木頭人」的遊戲。

3 雄成蟲的臉部特寫。

4 雌成蟲具有顏色美麗的草綠色前翅。

5 形狀特別的螵蛸。

**高腳辣妹幫**
只要你能逃過我的手掌心，
我就搖給你看！

**學名** *Thesprotia graminis*

**體型** 中小型螳螂

**分布** 美國、墨西哥

# 南美草螳

**生態特色** 本種在美國的俗名為 American Grass Mantis，直譯為「美國草螳」，因為產地在美國南部與墨西哥，所以中文俗名為南美草螳。主要棲息在草地與低矮灌木叢中，捕捉小型昆蟲為食，在產地夏季末期至秋季容易看到成蟲。實際飼養時發現本種體型細長，無論若蟲或是成蟲皆喜歡將前足向前延伸，停棲不動時與枯枝草葉非常相似，確有偽裝成樹枝的效果。若蟲餵食果蠅即可，成長至四齡後可以發現兩項有趣的特徵：捕捉足的脛節看起來如同爪子一般，而且頭部兩腹眼的內側隆起如兩條稜線，看起來就像假面騎士。雄蟲有翅，善於飛行，常在夜晚趨光至燈光下；雌蟲翅膀退化，喜歡攀附在草葉上。

1

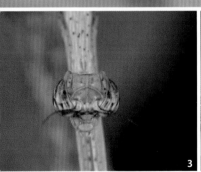

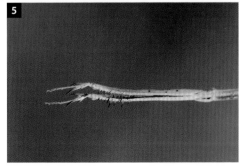

1　雄成蟲具有極長的觸角，
　　遇到干擾偽裝成樹枝狀時
　　會往後收起。
2　無論成蟲或若蟲，隨時保
　　持如樹枝的姿勢。
3　雌成蟲的臉部特寫。
4　顏色特別的螵蛸。
5　非常特別的捕捉足脛節，
　　適合捕捉小型昆蟲。

**超級殺手族**

強壯是我的代名詞，
殺戮是我奉行的守則。

**非洲沙漠螳**

**學名** *Eremiaphila sp.*
**體型** 中小型螳螂
**分布** 非洲

**生態特色** 若以珍奇螳螂種類來說，沙漠螳絕對可以排進前十名，主要是牠的生態行為與其他的種類有很大的差異。本種棲息在非洲的沙漠地區，非常耐旱，成蟲體色與環境中的岩石非常相似，又稱為非洲岩石螳。身體形狀如橢圓形，捕捉足粗短，縮在身體下方，中、後足細長，看到照片時還以為這種蜘蛛怎麼只有四隻腳。實際飼養後發現剛孵出的若蟲體色與岩石、砂礫非常相似，捕抓獵物時行動相當迅速，脫皮時與一般的螳螂倒掛方式不同，本種是站立於地面上脫出舊皮。飼養觀察的過程中發現許多有趣的行為：行動非常迅速，時常會用長腳將身體撐起，推論應該是棲息在炎熱的沙漠地區，地面溫度過高需要快速移動的緣故，進食時將身體撐起亦有助於散熱。成蟲複眼巨大，雌、雄蟲皆為短翅型，無法飛行，產卵時會將腹部尾端放到細沙中製作螵蛸。遇到干擾時會突然將身體挺起，展翅威嚇，是種很有趣但是飼養難度較高的螳螂。

1　將腹部埋在沙中製作螵蛸。
2　形狀特殊的螵蛸。
3　遇到干擾時威嚇中的雌成蟲。
4　雄性成蟲腹部較雌蟲苗條。
5　沙漠螳脫皮的方式與其它種類不同，圖為雌性若蟲羽化成功。
6　雄成蟲的臉部特寫。
7　剛孵出的一齡若蟲體色與沙粒非常相似。

3

4 5

6 7

強壯是我的代名詞，
殺戮是我奉行的守則。

**學名** *Hierodula majuscula*

**體型** 大型螳螂

**分布** 澳洲

# 澳洲斧螳

**生態特色** 本種在澳洲一般稱為 Giant Rainforest Mantis，直譯就是「巨大雨林螳螂」，由名稱就能了解本種螳螂的體型巨大。這種巨型螳螂在澳洲許多省份都可發現，旅居澳洲的蘇愿之先生表示，本種體型結實肌肉強壯，食性相當廣泛，除了一般的昆蟲外，還包含蛙類、蜥蜴等脊椎動物，據說本種體長可達 13 公分。飼養時螵蛸中一次孵出數量可達上百隻若蟲，體色為綠色或是淺褐色，成長過程可能因為體型較大，所以需要的時間較一般種類長。最大的特色是五齡後前胸腹板與捕捉足內側轉紅，成蟲威嚇時可以明顯看出捕捉足基節內側為黑色，雄蟲具飛行能力，雌蟲雖具長翅，但僅能短距離滑翔。

1　交配時小心翼翼的雄螳終於安全達陣，完成傳宗接代的任務。
2　三齡若蟲的體型已經相當結實。
3　雄成蟲威嚇時，捕捉足內側的血紅色展露無遺。
4　螵蛸形狀與台灣斧螳類似，但更為巨大。
5　雌成蟲背面壯碩的體型。

超級殺手族
強壯是我的代名詞，
殺戮是我奉行的守則。

# 印尼雙盾螳

**學名** *Pnigomantis medioconstricta*
**體型** 大型螳螂
**分布** 印尼

**生態特色** 第一次看到這種螳螂時，心中認為與台灣斧螳非常像，只不過體型稍為粗壯，體色也較為特別。仔細觀察後才發現這是非常特別的種類，因為前胸背板的形狀就像葫蘆或是數字 8。好友看我充滿興趣的樣子，索性將剛產下的螵蛸送給我，讓我實際體驗本種的魅力。剛由螵蛸中孵出的若蟲體色為充滿斑紋的深褐色，前胸背板上的特徵 8 字型也不明顯。以果蠅餵養至三齡後，背板上的特徵開始出現，並且食量變得奇大無比，需要時時注意食物的補給。成蟲後雄蟲善於飛行，但雌蟲體型過大，只能短距離滑翔，若腹部充滿卵粒時，更只能步行或跳躍，是非常強壯好養的種類。

1 2

1　體長將近 9 公分的雄蟲在雌蟲背上看起來還是小了一號。
2　雌成蟲的臉部特寫。
3　雌成蟲強壯的外觀與巨大的捕捉足。
4　剛孵出的若蟲體型與台灣斧螳類似，但身形更為強壯。
5　由雄成蟲的前胸背板可明顯看出「雙盾」的特徵。

強壯是我的代名詞，
殺戮是我奉行的守則。

**學名** *Rhombodera* sp.
**體型** 大型螳螂
**分布** 東南亞

# 圓胸螳

**生態特色** 第一次遇到本種是在馬來西亞的雨林中，我與當地好友穿梭在步道間找尋各種昆蟲、蘭花時，朋友停在一片樹葉前示意我拿出相機拍照。當時我雖然還不清楚情況，但是基於直覺還是壓低身形後靠近，發現在樹枝上停著一片形狀很特別的葉子，正舉起「雙手」向我威嚇中。朋友說這是馬來西亞森林中常見的圓胸螳，又稱菱背螳，當時心中讚嘆熱帶雨林真是物種豐富而且特別，後來才知道這屬的種類在香港、雲南也都有紀錄。牠的外型乍看之下會誤認為是台灣斧螳，因為外觀、體色還有強壯的捕捉足皆非常相似，最大的差異在於本種的前胸背板形狀為橢圓形（菱形），比起所有斧螳屬的種類更顯寬大，這也是最簡單的分辨方式。若蟲孵出時外觀與與斧螳屬殊無二致，但是三齡後即可看出前胸背板邊緣開始向外擴展，只要給予足夠的食物，可以迅速長大成蟲。本種是相當強健的種類，由若蟲飼養到成蟲沒有難度，只要特別注意飼養容器的高度即可。

1
2

1　終齡雄若蟲的臉部特寫。

2　二齡時前胸尚無法看出「圓胸」
　　的特徵。

3　終齡雄性若蟲的前胸背板特徵明
　　顯，可看見明顯的翅芽。

4　三齡時已可看出前胸的特徵。

5　回想起來 2002 年 5 月在泰國清邁
　　1,000 公尺山區就已記錄到同屬雄
　　成蟲。

6　雌成蟲側面與寬腹斧螳相當類
　　似，但體型更為強壯。

**超級殺手族**
強壯是我的代名詞，
殺戮是我奉行的守則。

## 非洲藍斑巨螳

**學名** *Sphodromantis sp.*
**體型** 大型螳螂
**分布** 非洲

**生態特色** 初見網友在網站上分享本種螳螂時，直覺認為牠是產在非洲的斧螳屬成員，因為捕捉足腿節上的點狀突起，與整體外型特徵都非常相似。但是仔細比對後又發現各項特徵與印象中的斧螳屬有些微的差異，其中一張照片顯示本種的捕捉足腿節上有一金屬藍色的斑紋，這是其它外觀相近種類所沒有的，後來才知道本種中文俗名為藍斑螳，又有人稱為藍斑綠巨螳。實際飼養後發現本種體質相當強健，剛孵出的若蟲為淺褐色，具有強烈的捕捉行為，而且成蟲後體色變化大，雌雄成蟲皆有兩種色型（綠色與褐色），所以顏色不是固定的性狀特徵，中文俗名的部分稱為「藍斑巨螳」較合適。

1

1 四齡若蟲的可愛樣貌。
2 淺綠色型雄成蟲。
3 雄成蟲的臉部特寫。
4 綠色型雌蟲與褐色型雄蟲
　交配中。
5 褐色型雌蟲與綠色型雄蟲
　配對成功。

超級殺手族
強壯是我的代名詞，
殺戮是我奉行的守則。

**學名** *Taumantis sigiana*
**體型** 中小型螳螂
**分布** 非洲

# 萊姆綠螳

**生態特色** 在網路上看到螳友分享此種螳螂時，被牠捕捉足腿節內側的「螢光綠點」特徵吸引，所以向螳友分享六隻來飼養。一齡若蟲體色嫩綠、複眼巨大，螢光綠點隱約可見，非常可愛。但是捕捉果蠅時一點也不含糊，成長至三齡後即可明顯看出捕捉足上的特徵。飼養至成蟲並不難，雄蟲前胸背板上有一深褐色斑紋，捕捉足腿節內側斑點為黑色，翅膀為透明略有藍色金屬光澤，善於飛行。雌蟲體型稍大，捕捉足的螢光綠點非常明顯，基節內側布滿黃色突起，雖然有翅但未看過其飛行。繁殖時要特別注意將雌蟲餵飽，不然雄蟲很容易被獵食，如果順利交配，雌蟲會於數日後產下淡綠色的螵蛸。

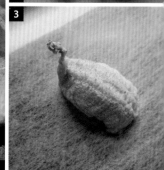

**4**

**5**

**6**

1 雌性終齡若蟲，可由捕捉足內側看到「螢光綠點」的特徵。

2 雄成蟲的臉部特寫。

3 淡綠色的螵蛸。

4 雌成蟲捕捉獵物毫不手軟。

5 一齡若蟲的複眼相當巨大，看起來非常俏皮可愛。

6 雄成蟲體態輕盈，善於飛行。

**大力拳擊手**

小心進攻，大膽出招，
拳套在手，萬無一失。

# 索氏角胸螳

**學名** *Ceratomantis saussurii*
**體型** 小型螳螂
**分布** 中國、馬來西亞

**生態特色** 在《中國螳螂》一書中看過本種的介紹，牠獨特的外型與頭上的犄角讓我想起曾在馬來西亞看過本種的標本，當地友人說這種螳螂並不常見，讓我興起找尋這種螳螂的想法。在海南島夜間觀察時，發現趨光至路燈下的雄成蟲，褐色的身體滿布黑色斑點，相當適合在森林底層活動。尤其是前胸背板上的兩個角狀突起，配上頭上的角突真是太特別了。可惜當時未能發現雌蟲，讓這次的旅程留下一絲遺憾。本種剛孵出的若蟲體型非常小，需使用無翅果蠅餵食，喜歡倒掛於容器頂端或是放置其中的樹枝上，三至四齡即可由若蟲體色分出雌、雄蟲，成蟲後體色斑斕，非常美麗。

4

5

6

1 雌性一齡若蟲，若非
   使用高倍率的鏡頭，
   難以感受到牠精緻的
   體態。
2 雄成蟲的臉部特寫。
3 本種外形非常別緻的
   螵蛸。
4 雌成蟲體色為白色配
   上黑褐色斑紋，側面
   可以看出「角胸」的
   特徵。
5 深褐色型的雄成蟲。
6 淺褐色型的雄成蟲獲
   得傳宗接代的機會。

**大力拳擊手**
小心進攻，大膽出招，
拳套在手，萬無一失。

**學名** *Hestiasula hoffmanni*
**體型** 小型螳螂
**分布** 海南島

# 霍氏巨腿螳

**生態特色** 在《中國螳螂》一書中記錄有多種巨腿螳，其中有兩種產於海南島，所以計畫前往海南島時就已將本種設定為目標，但也許是季節已過或未到，當時的旅程沒能順利記錄本種。不過在旅程中發現本種棲地的森林樣貌與台灣的大異巨腿螳的棲地非常相似，放眼皆是各種高大闊葉樹及低矮灌木植物，森林底層豐厚的落葉腐植，這證明牠們只棲息在未受到破壞開發的原始森林中。因緣際會得到朋友分享的一顆螵蛸，觀察剛孵出的一齡若蟲後發現本種體形較小，而且捕捉足的基節為白色，可以與台灣的大異巨腿螳區分。但是三齡後至成蟲，除了體型以外就要靠捕捉足腿節內側的花紋來分辨。飼養上只需注意溫度勿高於 28 度即可。

1

2

3

4

5

1　一齡若蟲相當細緻的樣貌。
2　這張生態照很明顯看出雌、
　　雄蟲體態上的差異。
3　躲在落葉堆中的雌成蟲，體
　　色與前翅上的花紋幫助牠隱
　　身在環境中。
4　雌性終齡若蟲強壯的體態。
5　雄成蟲的臉部特寫。

**大力拳擊手**
小心進攻，大膽出招，
拳套在手，萬無一失。

# 馬來拳擊螳

**學名** *Hestiasula* sp.
**體型** 中小型螳螂
**分布** 馬來西亞

**生態特色** 本種是目前已知拳擊螳中體型最大的種類，第一次見到牠是在馬來西亞的雨林中，觀察走動時扯到樹枝驚嚇到牠，原以為是掉落在植物上的枯葉，後來才發現這是一隻剛產完螵蛸的拳擊螳。牠舉起捕捉足並且左右搖晃身體向我威嚇，心想在樹上發生「螳臂當車」也是非常有趣的體驗。由本種的整體外觀、拳擊手套、綠色螵蛸、生態行為來說都是印象中標準的拳擊螳，除了體型較台灣拳擊螳大之外，捕捉足內側的顏色、花紋也明顯不同。剛孵出的若蟲即可看出前足拳擊手套的特徵。雄成蟲長翅，善於飛行，雌成蟲只能短距離滑翔。飼養時將溫度控制於 26 度上下即可，算是非常容易上手的種類。

1　二齡若蟲的「拳擊手套」非常巨大。

2　雄成蟲的臉部特寫。

3　大腹便便的雌蟲即將臨盆。

4　雌成蟲威嚇時高舉雙臂，拳擊手套內的花紋色彩是本種重要的辨識特徵。

5　雄成蟲發現我在拍牠時，馬上展現「不動如山」的姿態。

6　本種一齡若蟲是我看過的拳擊螳中體型最大的。

**大力拳擊手**
小心進攻，大膽出招，
拳套在手，萬無一失。

**學名** *Otomantis sp.*
**體型** 小型螳螂
**分布** 非洲

# 非洲尖眼拳擊螳

**生態特色** 流通的玩家都將本種稱為 Boxer Mantis，也就是「拳擊螳」，但是本種並沒有拳擊螳特有的行為，比如使用捕捉足「打旗語」，或是捕捉足內側具有鮮豔色彩。細看本種外觀與氣質，各方面都與姬螳屬的種類較像，頭部的某些特徵、螵蛸的顏色與形狀，還有遇到干擾時會壓低身形並將捕捉足前伸的動作。不過既然大家都這樣稱呼牠，就把牠當成低調的拳擊螳吧！本種算是相當強健的種類，若蟲體型雖小，但已可看出特徵的尖眼，捕食行為也相當熱烈，四至五齡時前胸背板與腹部尾端顏色明顯較淺。雄成蟲前翅為透明褐色，善於飛行，雌成蟲雖有長翅，但只能短距離飛行。

2

3

1　雌成蟲遇到干擾
　　時會做出與姬螳
　　屬「五體投地」
　　相同的動作。

2　四齡若蟲的複眼
　　可以看出呈圓錐
　　狀，符合其「尖
　　眼」的名稱。

3　雄成蟲的翅膀長
　　度超過腹部，善
　　於飛行。

4　雄成蟲的臉部近
　　距離特寫。

5　產在落葉上的螵
　　蛸與姬螳屬的螵
　　蛸非常類似。

4　5

大力拳擊手
小心進攻，大膽出招，
拳套在手，萬無一失。

**學名** *Oxypilus* sp.
**體型** 小型螳螂
**分布** 非洲

# 甘比亞拳擊螳

**生態特色** 這是一種非常小型的螳螂，但是外觀精緻，且雌、雄體型差異極大。知道本種也是拳擊螳時心中不免疑惑，這與我所知的拳擊螳外形差距甚大，而且捕捉足腿節並未膨大像拳擊手套般，直到實際飼養時才發現，螳螂的世界還有太多的未知。一齡若蟲體色黑白相間，乍看下還以為是坨鳥糞，這樣的樣貌也許是種偽裝，以騙過掠食者。觀察時若蟲突然輪流舉起捕捉足做出拳擊螳的招牌動作「打旗語」，而且拳套內側顏色豔麗。飼養時可使用跳蟲至三齡，五齡後由體型分辨雌雄，雄成蟲苗條細長，善於飛行，雌成蟲翅膀退化且腹部粗短肥大。由於本種體型真的非常小，最好有足夠飼養經驗再挑戰。

1　頭頂的突起可說是甘比亞拳擊螳的明顯特色，且從小便已具備。
2　雄成蟲的臉部特寫。
3　螵蛸非常不起眼，若沒仔細觀察很容易忽略它的存在。
4　剛孵化的一齡若蟲，朋友戲稱是「黑頭粉刺」。
5　雄成蟲的外觀、體型與索氏角胸螳非常相似，相當耐人尋味。

**華麗美形螳**

花枝招展引蝶蛾，
珠光寶氣善隱藏。

學名 *Blepharopsis mendica*
體型 中大型螳螂
分布 非洲

# 小魔花螳

生態特色 本種是許多玩家爭相體驗的美麗種類，主要產於非洲北部燥熱的沙漠中。由於身上的花紋色彩豐富，英文名為 Devil Flower Mantis，直譯為「魔花螳螂」。為了與另一種魔花螳區分，所以中文俗名為小魔花螳。剛由螵蛸中孵出的若蟲體色為黑褐色，頭頂的角狀突起尚不明顯，三齡後體色轉為褐色，五齡後再轉為淺褐色並有許多褐色斑紋，捕捉足內側也充滿豐富的顏色。成蟲後體表與前翅顯現出華麗的色彩，雄蟲的羽狀觸角可與雌蟲區分。飼養時最重要的是溫度的控制，最好設定在 30 至 35 度，如果溫度過低將會造成發育停滯的現象，我第一次飼養時即因此問題而損失好幾隻若蟲。

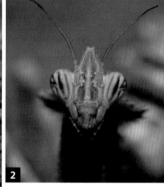

3

4

5

1　身上的顏色斑紋融入
　　環境中，具有隱身的
　　效果。

2　五齡雌性若蟲的臉部
　　特寫。

3　五齡雌性若蟲體型已
　　經非常結實。

4　一齡若蟲體色為黑褐
　　色，外觀與螞蟻相當
　　類似。

5　成功配對的個體，旁
　　邊還有之前產下的螵
　　蛸（蘇愿之攝影）。

**華麗美形螳**
花枝招展引蝶蛾，
珠光寶氣善隱藏。

# 麗眼斑螳

**學名** *Creobroter* sp.
**體型** 小型螳螂
**分布** 中國、香港

**生態特色** 這是一群在玩家與初入門者間廣為流通的種類，主要的原因是種源好取得，飼養與繁殖皆相當容易。其複眼外型與蘭花螳相似，因前翅上的眼斑花紋而得名。威嚇時將前、後翅揚起的美麗色彩讓人難忘，與本種外型非常相似的還有「雲眼斑螳」，需由前翅上的眼紋來分辨。曾在海南島發現本種躲在花叢中捕食昆蟲，並在路燈下發現趨光的雄蟲。剛孵出的一齡若蟲非常美麗，細長觸角配上橘、黑相間的體色讓人眼睛為之一亮，但捕捉獵物時可不含糊，通常是手到擒來。三齡後體色也跟著轉變為褐色與白色，雌、雄成蟲後皆具有長翅，雄蟲的飛行能力良好，但雌蟲只能短距離飛行。

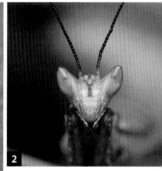

# 07

1 雌成蟲威嚇時展現翅膀豔麗的
　色彩。
2 雄成蟲的臉部特寫。
3 雄成蟲前翅上具有明顯的眼狀
　斑紋。
4 一齡若蟲可愛的樣貌。
5 雌性四齡若蟲體色斑斕。
6 雌成蟲與剛產下的螵蛸。

**華麗美形螳**

花枝招展引蝶蛾，
珠光寶氣善隱藏。

# 蘭花螳

**學名** *Hymenopus coronatus*

**體型** 中大型螳螂

**分布** 馬來西亞、印尼

**生態特色** 本種是昆蟲界中擬態偽裝的大明星，第一次知道這美麗的種類是在台北木生昆蟲館的標本箱中發現。後來在許多日本生態書籍中看到本種的照片，文中敘述本種螳螂體態偽裝成蘭花的模樣，躲在花朵上等待訪花的昆蟲靠近後捕食。實際走訪馬來西亞與婆羅洲雨林後曾努力找尋，尤其發現蘭花後都會仔細端詳花朵的樣貌，深怕錯失與這美麗螳螂見面的機會。後來詢問當地友人才知道，蘭花螳並不是一定停在蘭花上，他曾在各種植物的花朵上觀察過，只是因為牠的外形與蘭花相似所以得名。蘭花螳剛由卵中孵出時體色為紅色，頭部與六足為黑色，與成蟲後的美麗完全無法聯想在一起，但是隨著一次次的蛻皮成長，牠脫去了原有低調的外衣，慢慢顯露出優雅的粉紅體色。要將蘭花螳飼養至成蟲不難，只要掌控好溫度與食材即可，但是繁殖累代就有相當難度，因為雄成蟲的體型只有雌成蟲的四分之一，很容易發生「殺夫」的悲慘情況。如果有機會觀察牠們交配就能看到非常有趣的行為，雄蟲在等待機會跳到雌蟲的背上調整好位置時，會使用前足快速敲擊雌蟲的前胸，玩家們打趣形容這行為是「打鼓」。

1　雌成蟲的臉部特寫。

2　四齡若蟲體色與中後足的花瓣狀突起變得明顯。

3　剛孵出的若蟲體型與體色完全不像「蘭花」。

4　雌性終齡若蟲，潔白配上粉紅的體色讓人喜愛。

5 雄蟲與雌蟲的比例相差非常大。

6 稀有少見的黃蘭花螳（*Helvia cardinalis*，攝於馬來西亞）。

7 雨林中的蘭花螳螂。

8 晨曦中的蘭花螳螂。

9 雄成蟲體型嬌小，善於飛行。

**華麗美形螳**
花枝招展引蝶蛾，
珠光寶氣善隱藏。

# 華麗金屬螳

**學名** *Metallyticus splendidus*
**體型** 小型螳螂
**分布** 馬來西亞

**生態特色** 螳螂的外形總是充滿驚奇！日本知名生態攝影師海野和男先生的《世界珍奇昆蟲 101 選》書中形容本種螳螂為世界第一美！看著書中的生態照簡直無法相信螳螂能表現這樣炫麗的體色，全身散發如金屬般的光澤，當下夢想著能在野外目睹此一夢幻逸品。透過馬來西亞的朋友得知這是棲息在低海拔雨林中極稀有的種類，習性如樹皮螳般在樹幹上活動，動作非常迅速，遇到干擾時會躲藏在樹皮中。本種螳螂產卵的習性與一般螳螂也不同，牠會在樹皮上找尋適合的孔洞將螵蛸產在其中。實際飼養時玩家以薄的橡木皮（軟木塞材質）舖設於容器內讓雌蟲產卵。若蟲孵出後為黑色，體形如小蟑螂般，在橡木皮上行動迅速，只能獵捕極小型昆蟲或是人工餵食。約四齡後體表出現金屬綠的光澤，上腹部具有二至四個白色斑紋，雌、雄成蟲後皆具有長翅，可短暫飛行。交配的方式也與一般雄蟲上背不同，本種是尾對尾的方式完成交配的行為。因為照顧方式與食材取得不易，所以最好有相當飼養經驗以後再挑戰。

1

2

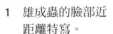

3

4

1 雄成蟲的臉部近
　距離特寫。
2 如果用「世界第
　一美」來形容本
　種雌成蟲，應該
　沒人會反對吧。
3 寶藍色的身體配
　上閃爍著藍寶石
　光澤的雄成蟲。
4 捕捉足形狀與其
　他種螳螂完全不
　同，腿節基部的
　棘刺非常巨大。

**華麗美形螳**
花枝招展引蝶蛾，
珠光寶氣善隱藏。

**學名** *Metallyticus violaceus*
**體型** 小型螳螂
**分布** 馬來西亞

# 暗紫金屬螳

**生態特色** 本種金屬螳也產在馬來西亞，與華麗金屬螳一樣少見，但是生態習性相同，最大的差異是本種雌成蟲的前翅為深藍色的金屬光澤，乍看下還以為是華麗金屬螳雄成蟲的放大版。另外，捕捉足與中後足脛節上皆有橘黃色條紋。本種雄成蟲的體色與雌蟲相同，前後翅均為透明，可以與華麗螳區別，但脛節上的橘黃色條紋則不明顯。剛孵出的若蟲為黑褐色，體節邊緣為白色，飼養時發現金屬螳於若蟲時期非常容易受到驚嚇，稍有干擾即快速躲藏，所以容器中最好以橡木皮布置「夾層」讓牠們方便躲藏。四齡後體表開始顯現藍色金屬光澤，終齡若蟲在翅芽基部出現橘色斑紋，但上腹部沒有白色斑點，可與華麗金屬螳區分。根據蘇瑾頌老師成功繁殖累代的經驗指出：「金屬螳最重要的飼養關鍵就是不干擾。」這句話可是數年經驗所累積，值得細細品味。

1　捕捉足腿節上巨大的棘刺，與橘黃色的花紋。
2　本種雄成蟲與華麗金屬螳雄成蟲最大的差別在於前翅的金屬光澤。
3　雌性終齡若蟲可以看到後背的黃色斑點。
4　這是飼養時布置的樹皮板，樹皮上的孔洞方便金屬螳產卵。
5　與華麗金屬螳相比，本種的雌成蟲算是非常低調的美。
6　金屬螳側面扁平，適合在樹皮裂縫中活動。

**華麗美形螳**
花枝招展引蝶蛾，
珠光寶氣善隱藏。

學名 *Miomantis* sp.
體型 小型螳螂
分布 非洲

# 非洲斑光螳

生態特色 這是一種在各國玩家間流通的小型螳螂，其實牠的外型並不特別，但是成蟲綠白相間的體色相當討喜。網路能查到的資料不多，很想多了解本種的生態與習性卻苦無門路，在因緣巧合的情況下取得一顆螵蛸，一週後新生命就誕生了。剛孵出的若蟲體色如琥珀般美麗，初期將若蟲以混養的方式照顧，二齡後體色漸淺，但三齡後必須分開飼養以避免發生互食的情況。五齡後綠白相間的體色顯現，這時有種特殊的行為，每當有人靠近時，牠會回頭查看，好像在探詢來者的意圖。雄成蟲頭上的三顆單眼如同寶石般閃閃發亮，翅膀為透明無色。雌成蟲前翅與美麗的體色會讓人覺得辛苦的飼養過程都值得了。

1 剛脫皮轉二齡的若蟲體色顯得淡雅。
2 雄成蟲的臉部特寫。
3 雄成蟲完成交配任務後就壯烈犧牲了，這張算是牠的遺照！
4 雌性終齡若蟲體色美麗。
5 雄成蟲具長翅，善於飛行。
6 雌成蟲的後翅具有綠色斑馬紋路，相當美麗。
7 雄成蟲傳宗接代後，雌蟲產下的螵蛸。

### 華麗美形螳

花枝招展引蝶蛾，
珠光寶氣善隱藏。

**學名** *Pseudocreobotra wahlbergii*

**體型** 中型螳螂

**分布** 非洲

# 刺花螳

**生態特色** 世界玩家間流通著各種螳螂，但最有名的莫過於「三花」！三花的名稱來自於魔花螳、蘭花螳，與本種刺花螳。由牠的外觀可知中文名稱的由來，腹部邊緣充滿 3D 立體的棘狀突起，如果藏身在花朵中確實可以達到偽裝隱身的效果。本種還有其它名稱如「標靶螳」、「9 號螳」（No.9 mantis）等，皆是因為成蟲前翅上有個黃、黑相間的斑紋，有人說像數字的「9」，也有人說是射飛鏢時的標靶。本種也是三花中最容易上手飼養的種類。若蟲孵化時體色為全黑，乍看之下與螞蟻相當類似，但脫皮轉二齡後身上的花紋馬上顯現，每脫一次皮體色就出現不同的變化，這也是飼養本種時非常有趣的過程。成蟲還有一個特色是相當穩定，會固定停在一個地點上，猜測這樣的行為應該是在原生地必須「不動如山」等待獵物。飼養時盡量將溫度維持在 24 至 28 度，避免溫度過低發生發育停滯的現象。

1　雌性六齡若蟲體色為鮮豔的紫紅色系。
2　前翅的斑紋是「9」、「6」還是「標靶」？每個人看法不盡相同。
3　雄成蟲威嚇時的美，讓許多人以為看到蝴蝶。

4　二齡若蟲體色較有變化，布滿白色、褐色斑紋。
5　看公螳上背「打鼓」一上午，終於完成交配的任務。
6　雌性五齡若蟲的臉部特寫。
7　剛產下的螵蛸，與樹皮非常相似。

**華麗美形螳**
花枝招展引蝶蛾，
珠光寶氣善隱藏。

**學名** *Pseudoharpax virescens*
**體型** 小型螳螂
**分布** 甘比亞

# 甘比亞花螳

**生態特色** 這是一種體型嬌小、體色美麗的螳螂，牠擁有花螳的各項特徵，如尖眼、華麗體色等。雖然外表看起來很嬌弱，實際飼養卻發現螳螂的本性是不會變的，獵物一出現在牠的攻擊範圍內，就算體型稍大，也會毫不猶豫地出手捕捉。剛由螵蛸中孵化的若蟲體色為象牙白，身上帶著淺褐色的斑紋，只要溫度控制得宜，成長也算快速，約三個月即可成蟲。與其牠花螳種類比較起來有一點非常特殊，剛孵出的若蟲複眼上有白色點狀花紋，本以為脫皮或是成蟲後就會消失，但成蟲後複眼上的白斑並沒有消失，反而變得更明顯，可算是本種的特色，也是容易辨識的特徵。

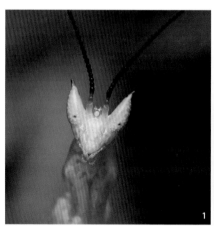 

1　雄成蟲的臉部特寫。
2　外觀質感相當粗糙的螵蛸。
3　雌性終齡若蟲體色綠、白相間，非常顯眼。
4　雄成蟲美麗的體色。
5　剛孵出的若蟲體色為象牙白，布滿褐色斑點。

## 華麗美形螳

花枝招展引蝶蛾，
珠光寶氣善隱藏。

**學名** *Theopropus elegans*
**體型** 中小型螳螂
**分布** 馬來西亞

# 華麗弧紋螳

**生態特色** 2010 年在馬來西亞雨林夜間觀察昆蟲時發現，步道旁的植物葉面上怎麼會有個卡通般的笑臉？才靠近想要看清楚時，這笑臉突然移動了！原來是隻綠色螳螂。將鏡頭靠近時，牠轉身舉起前足並展翅威嚇，還沒看清楚狀況，牠就跳進草叢中消失了，我只記得後翅是鮮豔的橘色，這是我與華麗弧紋螳的第一次接觸。剛孵出的若蟲為黑色，推論也是偽裝成螞蟻。飼養簡單，成長十分迅速，羽化成蟲後前翅上的「微笑」圖案就出現了。雌蟲遇到干擾時很容易出現威嚇的動作，這時才能看到鮮豔的後翅。本種較難掌控的是雌、雄成蟲的時間相差太久，是繁殖累代需要突破的問題。

1 雌成蟲前翅上的「笑臉」花紋。
2 美麗的後翅只能在牠生氣威嚇時才能看到。
3 雌性終齡若蟲綠、白相間的體色，適合躲藏在植物間。
4 遇到干擾時馬上壓低身形的雌成蟲。

# 世界螳螂蒐奇

這本關於螳螂的書問世至今也將近十年了。這段期間走訪世界各地，發現更多珍奇稀有的種類，有的種類則是好友取得飼養，讓我有機會一親芳澤，留下美好的紀錄。新版的內容特別加入這些螳螂，讓大家一起感受阿傑發現的喜悅。

## 祕魯龍螳 *Stenophylla lobivertex*

牠是所有自然觀察、生態攝影愛好者、螳螂飼養玩家，都夢寐以求的夢幻種類。最大的外觀特徵是複眼上的突起，還有頭上的枯葉冠狀突起，藏身在密林中很難發現。性別除了從體型大小分辨之外，跟產於非洲的幽靈枯葉螳螂一樣，亦可從頭部突起形狀分辨公母。目前在南美洲祕魯、巴西、厄瓜多等地都有發現族群。（特別感謝玩家程冠于先生大方提供祕魯龍螳拍攝）

1 雄性龍螳頭部枯葉狀突起較雌性纖細。
2 雌性龍螳粗壯的腹部與腿部巨大的葉狀突起讓人印象深刻！
3 這個角度的雄性是否像一隻龍？
4 頭部巨大的枯葉狀突起，應該是目前已知螳螂種類中之最！
5 螵蛸外觀與姬螳的螵蛸非常相似。

# 莫氏苔螳 *Majangella moultoni*

是種棲息在熱帶雨林的中型螳螂,喜歡高濕度但冷涼的環境。還記得第一次發現是在婆羅洲沙巴保令溫泉一棵長滿苔蘚的大樹上,而這種螳螂的體色與外觀,就像長滿苔蘚的樹枝,看到時還以為是錯覺,怎麼樹枝會活動,後來看牠伸出捕捉足才知道竟然是螳螂。目前的觀察紀錄顯示應是東南亞廣布種。

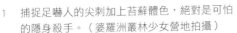

1　捕捉足嚇人的尖刺加上苔蘚體色,絕對是可怕的隱身殺手。(婆羅洲叢林少女營地拍攝)
2　直接隱身在長滿苔蘚的環境。(婆羅洲叢林少女營地拍攝)
3　頭上的三顆單眼如同寶石般閃亮!(婆羅洲叢林少女營地拍攝)

# 荊螳(南美枯葉螳) *Acanthops sp.*

還記得 2016 年前往南美祕魯,當時這也是設定要找到的目標之一,只可惜運氣就是差了點,後來有螳友飼養得以一償宿願。這是一種非常冷靜的螳螂,大概跟牠的外觀有絕對的關係,只要停著不動就很容易被忽視,但牠捕食的凶狠程度絕對不亞於大型種類。飼養的過程也屬於入門等級,是漂亮又好養的種類。

1　南美枯葉螳如一片倒掛的枯葉。
2　被發現後惱羞成怒打開翅膀威嚇,露出隱藏於上腹部的眼斑。
3　外觀與枯葉螳非常相似的偽荊螳
　　(*Pseudacanthops lobipes*,又稱南美苔蘚螳)
　　絕對是偽裝高手。

## 平緣弧箭螳 *Metatoxodera subparallela*

這是一類非常奇特的螳螂，棲息在完整沒有開發的雨林，通常很難發現
牠的存在，主要是因為外觀與體色與樹枝非常相似，大部分的觀察紀錄

都是在燈下趨光的個體。其停棲的方式為倒
掛，捕捉足會以三角的方式擺放，在大多數的
螳螂種類中獨樹一格。根據飼養過的朋友敘
述，喜歡吃活餌，例如小型蝶蛾類或蠅類。

1　複眼兩側頂端延伸的棘狀
　　物，也是複眼的一部分。
　　（婆羅洲叢林少女營地拍
　　攝）
2　細長的身形為其特徵，前
　　胸背板上的棘狀突起就像
　　植物的刺一樣。（婆羅洲
　　叢林少女營地拍攝）

## 婆羅洲紅蕉箭螳 *Toxodera integrifolia*

剛接觸生態攝影時，我當作學習範本的《世界
昆蟲記》裡就有這讓人不可思議的紅色螳螂。
當時心心念念希望有機會在野外找到，終於
在 2019 年 6 月於「婆羅洲叢林少女營地」巧
遇，發現的當下整個人欣喜若狂，終於如願以
償。後來跟學者與觀察家討論，本種螳螂特別
的體色應該是類似某種寄生植物的花朵，讓牠
可以在花朵上隱身。

1　絕美的體色與身形，紅蕉箭螳絕對是全世界最美、最
　　稀有的螳螂之一！
2　與紅蕉箭螳有相同身形的赫氏箭螳（*Toxodera
　　hauseri*）體色卻極為低調。雖然棲息在同一片森林
　　中，但從外表上就顯現了棲位習性的不同。（婆羅洲
　　叢林少女營地拍攝）
3　美麗的夕陽景緻搭配赫氏箭螳迷人的身形讓人陶醉。
　　（婆羅洲叢林少女營地拍攝）

# 07

# 婆羅洲各種珍稀美麗的螳螂

婆羅洲被認為是亞洲的亞馬遜，也是世界第三大島，其物種多樣性之高自然勿庸置疑，每年都有被描述發表的新物種。我已經記不得到底去過多少趟，但總要把很多不容易看到的種類分享出來，希望大家對於螳螂有更多的認識。

這應該是亞洲區枯葉螳中前胸背板最寬的種類，也與其他種類明顯不同，但並非常態性出現，目前為止學者普遍認為應是**三角枯葉螳**（*Deroplatys trigonodera*）的個體變異。（沙巴低海拔雨林拍攝）

**婆羅洲怪螳**（*Amorphoscelis borneana*），一直是個人非常喜歡的種類，雖然體型不大，但整體花紋相當精緻美麗，發現時值得細細的觀察。（婆羅洲叢林少女營地拍攝）

**索氏角胸螳**（*Ceratomantis saussurii*），這是一種小型螳螂，雖然曾經在海南島拍攝過，但數年過後再遭遇，內心一樣充滿感動。（馬來西亞拍攝）

**巨姬螳**（*Psychomantis malayensis*）是除體型比較大之外，外觀與姬螳非常類似的種類，行為與姬螳也相當類似，其頭上的角狀突起與捕捉足上的山形突起，是非常容易辨識的特徵。（婆羅洲叢林少女營地拍攝）

**馬來石紋螳**（*Humbertiella ocularis*），乍看之下會當成廣緣螳（樹皮螳），但仔細觀察會發現體型大小、前胸形狀、前翅外緣等都有很大差異。（婆羅洲叢林少女營地拍攝）

**莫氏舞螳螂**（*Catestiasula moultoni*），這也是第一看到時，會跌破眼鏡的種類，因為那捕捉足太像拳擊螳了，是體型小、善於飛行、強趨光的種類。（婆羅洲叢林少女營地拍攝）

**豔虹螳**（*Caliris elegans*），我對牠的形容是「絕美兇猛」，可説是非常容易生氣威嚇的種類。威嚇時展開兩對翅膀，粉色內翅加上眼紋，美到讓人懷疑。（馬來西亞拍攝）

**鐮翅豎琴螳**（*Citharomantis falcata*），之前俗稱「裙子姬螳」，最大特色是前翅末端延伸如同裙襬，因而得名，是非常少見稀有的螳螂。（婆羅洲叢林少女營地拍攝）

# 簡單的
# 螳螂飼養觀察

# 8

# 好好照顧殺手

國小二年級時，我拉著祖母的手到雜貨店中買蠶寶寶，老闆將五隻幼蟲用一張報紙包起來，並放入兩片新鮮的桑葉。當我們要離開雜貨店時，老闆突然叫住我們：「要買桑葉回去餵啦，一包五元。」帶回家後找到一個紙盒來養牠們，平均三天就要買一包桑葉回來，看著蠶寶寶越長越大食量加倍，買一包五元的桑葉也來不及餵牠們吃，只好到處去張羅食物。還好當時到處都有桑樹，所以取得葉子不算難，也成功將蠶寶寶養到化蛹做繭，羽化成蟲並且成功累代。

轉眼間，現在國小三至四年級的學生都要挑選一種昆蟲或是生物做自然觀察紀錄，我覺得這是一個相當有趣的功課，藉由飼養動物來了解牠們的生活史，並且養成每天觀察記錄的習慣，讓同學們了解生命的循環並學會尊重自然生態。現在能選擇飼養的動物非常多樣，由基本款的蠶寶寶，到最夯的獨角仙、鍬型蟲、蝴蝶、青蛙等，這幾年發現螳螂也是許多學生的選項。其實螳螂並不難養，只要知道牠們的需求，成功將若蟲養大、累代絕對沒問題，就讓我們一起來體驗飼養螳螂的樂趣吧！

1 讓孩子接觸昆蟲是學習生命教育最好的方式。
2 昆蟲誘發孩子的好奇心與觀察的能力。

# 邀請螳螂來作客

　　野外找尋是取得螳螂種源的途徑之一，在市區附近的郊山步道較容易遇到斧螳屬或大刀螳屬的種類。牠們身強體壯、適應力好，較適合做為入門的對象。但是請特別衡量自己的能力，控制飼養的數量，如果只是為了觀察記錄行為，通常 1 至 3 隻就已足夠，採集過多會造成自己飼養的困擾。另外，如果沒有特別的用途，請勿帶回雌蟲，因為雌蟲肩負產卵繁殖的重責大任，如果想要年年都能發現這些可愛的昆蟲，請酌量採集。

　　市面上許多昆蟲店皆販售自行繁殖的螳螂成體或若蟲，通常店中會陳列較多種類供您選擇，在昆蟲店購買的好處是能與店員討論飼養的方法，飼養相關工具與食物也可以一起選購。如果購買國外種類，絕對不能讓牠逃逸至野外，以免影響本土物種。

1　眾人遍尋不著的螳螂，正躲在葉背偷笑。
2　觀察時常能看到螳螂螵蛸，如果沒有特別用途，請留在野外讓牠們自然繁衍。

# 螳螂的新家

　　飼養螳螂最重要的就是容器，建議使用透明的容器以方便觀察牠的行為。我自己飼養時除了買現成的昆蟲飼養箱改造使用外，也會購買各種大小不同的容器當作飼養的工具。要特別注意這些容器的內部都是光滑的，為了讓螳螂方便攀爬，不至於脫皮或捕捉獵物時跌落，所以得使用樹枝、砂網、防滑墊加裝在容器內，方便牠們攀爬。螳螂喜歡通風的空間，所以要將容器加工成符合牠們的環境，我將容器的蓋子與側邊開窗，並且黏上紗網或是不織布幫助容器內的空氣流通，這樣有助於螳螂的健康喔。

　　提醒準備飼養螳螂的朋友，容器的大小高低與螳螂（若蟲）成長有絕對的關係，選擇時以螳螂身體長度的三倍或以上為基準，因為螳螂成長時有脫皮這個過程，通常脫皮前牠們會倒掛在攀附物上（容器頂端或樹枝），開始脫皮後新的身體會垂掛在舊的皮蛻上，萬一容器高度不足，會造成螳螂脫皮或羽化失敗，所以請特別注意。

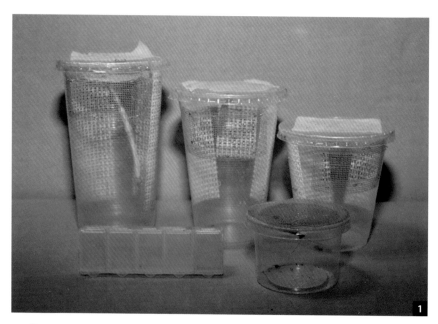

1　依照螳螂的齡數（體型大小）來選擇飼養的容器。

2 3

4 5

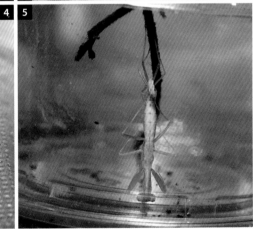

6

2 容器內部使用各種材質來增加螳螂的攀
　爬力，如樹枝、防滑墊、不織布等。
3 體型小的拳擊螳使用布丁杯改造的飼養
　容器剛剛好，內部黏貼紗網幫助攀爬。
4 樹皮螳需要通風的環境，將容器的蓋子
　開洞後，使用紗網保持通風。
5 如果容器高度不夠，很容易造成脫皮羽
　化時的傷害。
6 為大型螳螂特製的羽化容器，高度絕對
　足夠，使用珍珠板材質來增加螳螂的攀
　附力。

# 張羅食客的餐點

　　螳螂由螵蛸孵出後，就開始需要不斷地捕捉獵物。螳螂在野外會自己找尋各種獵物，但是在人為飼養的環境中，我們要提供源源不絕的食物，讓牠們能順利成長。有的昆蟲餌料可以在昆蟲店中購得，例如麵包蟲、麥皮蟲、櫻桃紅蟑螂、蟋蟀、魚蟲（蒼蠅的幼蟲），依照飼養螳螂的大小來選擇給予的食材。

　　有些小型的螳螂種類剛孵化時體長僅 2 至 3 公厘，連出現在水果上的果蠅都無法捕食，這時可以提供棲息在落葉腐植中的跳蟲餵食，如果覺得自己在野外收集跳蟲麻煩，也可以請昆蟲店代訂。

　　另外有個很特別的餵食方式，尤其是用在小型螳螂的若蟲飼養上非常方便。隨處可見的大花咸豐草（鬼針草）開花時，可以攀折花朵來餵食螳螂，因為花朵中躲藏許多小型的昆蟲，將這些花朵投入飼養容器中後，小螳螂會自行在裡面找尋獵物，放一次花朵可以讓牠們吃上兩天，是非常有趣且方便的做法。但要注意花朵旁是否躲藏三角蟹蛛或三突花蛛，以免螳螂若蟲反被蜘蛛捕食。

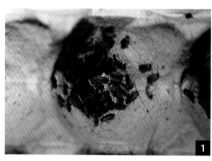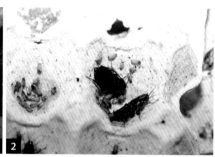

1　櫻桃紅蟑螂的幼體用來餵食小型螳螂非常方便。
2　中大型的櫻桃紅蟑螂是螳螂很棒的肉類蛋白質來源。
3　殘翅果蠅適合餵食各種螳螂一至四齡若蟲。
4　體型更小的無翅果蠅用在挑嘴或小型螳螂若蟲。
5　跳蟲用在許多體型極小的種類如名和異跳螳、海南角螳等，是玩家必備的昆蟲餌料。
6　如果臨時缺乏昆蟲餌料，公園、草地搜尋一下蚜蟲也是很好的替代食材。

7　衣魚使用於特定高階種類，如金屬螳。

8　張羅不到跳蟲時，可以將野外的大花咸豐草剪回，花朵中躲藏的許多小昆蟲也可以用來餵食螳螂（圖為透翅螳若蟲）。

9　蟋蟀也可當成穩定的餌料來源，但使用時必須酌量。

10　一次放太多蟋蟀，沒吃完必須取出，不然會造成螳螂脫皮時的干擾，甚至攻擊螳螂。

# 螳螂照顧重點

　　螳螂非常喜愛乾淨，所以進食完或是移動後便會清理全身，將牠們養在容器中也要保持內部的乾淨，每天都要清理底部的排泄物與食物殘渣，這樣不僅看起來乾淨，也讓螳螂能健康地成長。

　　小時候我就注意到螳螂有喝水的習慣，常看牠們彎下腰吸取葉子上的水珠。我當時認為螳螂的運動量一定很大，所以需要隨時補充水分。真正飼養螳螂後才知道，雖然由食物中可以得到水分，但可能不足以提供牠的需要。在野外牠們會自己找尋水源，但是人為飼養的狀態下，每天噴水變成絕對要執行的照顧項目。因為之前常遇到螳螂蛻皮失敗，新的身體未能全部由舊皮中脫出，很可能是水分不足帶來的嚴重後果，自從規律地補充水分後，就很少遇到脫皮失敗的問題。

　　居家的溫、濕度與自然的環境中不同，雖然夏天很熱，但是走到森林中馬上就變得涼快，居住在森林中的昆蟲喜歡冷涼的環境，螳螂也不例外。當我們飼養在家中，就需要考量溫度是否太高。通常要找到較陰涼通風的角落，以避免螳螂在太過悶熱的情況下暴斃。我將家中的房間改為工作室，將螳螂分門別類有系統地管理，並且將溫度控制在 24 至 26 度，這是大部分螳螂種類最適宜的生長溫度。因為冷氣有除濕的作用，所以會在每個容器中個別放入一塊保濕的海綿，以避免環境太過乾燥，造成生長的問題。

1　飼養特定螳螂如沙漠螳、魔花螳時，需準備加熱墊、加熱燈，避免溫度過低造成生長遲緩。
2　飼養螳螂時最重要的就是足夠的空間，足夠的攀爬物及足夠的食物。
3　每日定時定量噴水是必須的，萬一水分攝取不足，非常容易脫皮失敗。
4　必要時使用鑷子將食物夾給螳螂食用。

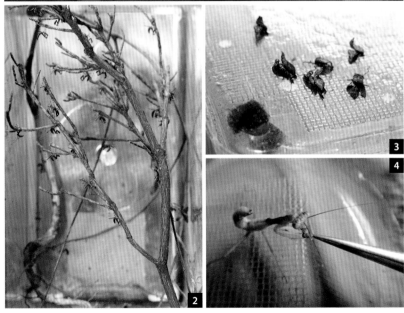

留住螳螂的
美麗容貌

9

# 永恆不朽的生命

　　小時候喜歡飼養昆蟲的我，靠著一本日文昆蟲書籍中譯本開始飼養昆蟲。當時養的種類五花八門，蝴蝶、甲蟲、蝗蟲、螳螂等。還記得書中說「萬一昆蟲死掉了，一定要將牠做成標本，這是對牠（生命）的尊重」。我當時看完後似懂非懂，只知道繼續翻到如何做標本的頁面，津津有味地閱讀如何製作標本。

　　當時最難做的標本當屬螽斯與螳螂，因為發現牠們死亡時，蟲體都已經發黑了，也沒有充足的設備可以加速烘乾（風乾），在又濕又熱的夏天，蟲體馬上就腐爛了。每次看到失敗的作品，我都感到非常氣餒。

　　飼養動物最後一定要面對的就是生命的結束，怎麼將已經沒有生命的軀殼留下真實的樣貌，請跟著下列的步驟一步一步來操作，讓標本留下永恆的回憶。

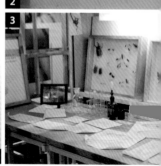

カマキリ

ハナビラカマキリ
花螳螂螳螂
Hymenopus coronatus

メス
雌性

ナオコノハムシ
大樹葉蟲
Phyllium giganteum

オス
雄性

コノマチョウ
眼蝶
phedima vitenuis Matsumura, 1919

コノハギス
樹葉剪斯
Siliquofera sp.

THAILAND

オオトゲナナフシ
大棘竹節蟲
Anchiale sp.

デスオオビワハゴロモ
斯大琵琶蟖蠟蟲
erunaria lampetis

イシガケチョウ
網絲蛺蝶
Cyrestis thyodamas nabella Pruststorfer, 1998

ナナフシ

1　如何將牠製成漂亮的標本，留住永遠的記憶？
2　箱中放滿了各種昆蟲標本。昆蟲標本在學術研究上是非常重要的資料
　　（攝於國立台灣科教館）。
3　日本學者研究昆蟲的桌面，除了各種工具、手繪圖外，還有標本箱與標
　　本（攝於國立台灣科教館）。

# 螳螂標本的製作

## 準備的工具

　　保麗龍板、珍珠板、鑷子、珠針（大頭針）、昆蟲針、描圖紙、標本箱、資料籤（記錄採集資訊或飼養資料）等。

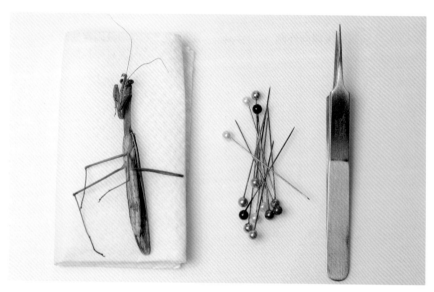

**步驟 1**　準備保麗龍（珍珠板）、珠針（大頭針）、昆蟲針、鑷子、描圖紙（展翅使用）就可以開始了。

**步驟 2**　在螳螂的前胸腹板選擇適當的位置，插入昆蟲針，以便未來標本收藏、移動。

**步驟 3**　使用兩根珠針固定住前胸腹板的兩邊，讓蟲體不會隨便移動。

**步驟 4** 將前翅與後翅向外側
拉出。

**步驟 5** 使用描圖紙與珠針固定翅膀,如
兩邊都展翅需注意要對稱。

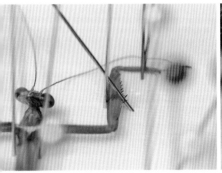

**步驟 6** 使用「交叉固定法」將
六足固定,並注意左右
對稱。

**步驟 7** 準備描圖紙與珠針固定跗節,避
免乾燥過程中捲曲。

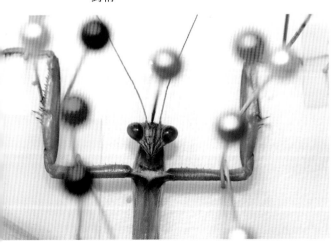

**步驟 8** 頭部正面需調整
位置,方便檢視
臉部特徵。

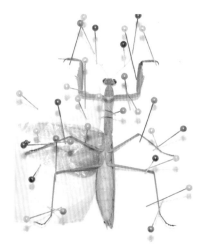

**步驟 9**
將各部位調整對稱後，可以使用燈具烘乾或購買烘碗機使用。（林偉爵提供、攝影）

學名：Tenodera aridifolia
時間：2014.09.09
地點：新北市烏來
採集人：黃仕傑

**步驟 10**
最後別忘了加上「採集標籤」，除了上面的資料外，還可加上採集方式，如夜間趨光或日間採集。

**步驟 11** 待乾燥後即可放入標本箱中收藏。

# 後記與致謝

　　《螳螂的私密生活》一書上市至今已經快十年了，2021年版權到期後市場缺書，大家一直在催阿傑什麼時候再出新版。老實說，這件事也掛在心裡許久。直到2023年與紅樹林辜總編聊起目前圖書市場的狀態，總編催促阿傑應該將螳螂一書內容重新檢視，修訂新的分類資訊，並補上最新的圖檔，這樣就可以再上市。雖然是十年前撰寫的內容，但時至今日市場尚無內容更完整的書籍，於是在跟總編討論後，硬是插入一篇稀有螳螂介紹，並邀請好友林偉爵（台灣大學昆蟲學系研究所、台灣昆蟲同好會）幫忙確認最新的分類資訊。也特別感謝玩家程冠于大方出借龍螳讓我拍攝，也感謝在探訪生態這條路上一直協助我的好友。

　　雖然小時候就喜歡螳螂，但是真正認識螳螂要由2004年講起。當時在台北木生昆蟲館認識的廖智安大哥找了我與劉正凱先生一起幫忙嘉義大學建置昆蟲館與收集館藏，我們常一起到處採集昆蟲、廖大哥與阿凱也熱愛分享各種螳螂趣事給大家，並且在野外找到螳螂時，一起討論牠們的生態行為。這段時間讓我對台灣螳螂的種類與棲息地有了基本的認識。

　　2009年後常與好友黃世富一同探訪台灣生態，並且到東南亞各國雨林找尋昆蟲與植物，由於世富兄早就走遍各地，與他出遊除了增廣見聞，並得到許多知識，夜間在雨林中探險時發現的螽斯、蜚蠊、竹節蟲、螳螂等各種生物，他總能馬上說出名稱、分佈、習性及有趣的故事，這也是我對於螳螂生態知識增加最快的時間點。

　　這本書能完成，剛剛提到的三位好友絕對功不可沒，感謝他們一路的幫忙與支持，還有無時無刻提供各種資訊並且修正我的觀點，讓我在探訪螳螂的路上吸收更多的經驗。特別感謝蘇瑾頌老師提供珍貴的大魔花螳、刺花螳螂並且熱心分享各種飼養知識與秘訣。楊銘昇先生（紅毛老師）、蘇愿之先生（澳洲兄）、

潘勁彥先生、馬來西亞林天賜先生（Lim thiam chi）與香港任廉湧先生、植兆麟先生、黃錦昌先生提供各種螳螂飼養資訊與種源的協助。何季耕先生協助台灣新紀錄屬螳螂及各種螳螂個體資訊收集。日本好友高橋敬一博士協助聯繫生態攝影師大林隆司先生取得小笠原南洋螳螂的珍貴生態照，好友鈴木成長先生贈送多本相關書籍讓我豐富本書內容。林風佑先生在公務繁忙中撥空幫忙校、潤稿，讓文章的語意更通順。

當然還有許多朋友幫忙採集各地區的個體，或是提供飼養、產季與資訊，在此一併致謝：林試所研究員汪澤宏先生、康寧大學藍艷秋教授及其研究團隊、林務局嘉義林管處黃勝謙先生、卜慶錯、王昱淇、江長益、余麗霞、施欣言、李東旭、周文一博士、林琨芳、侯宗輝、柯心平、張永仁、張世豪、張展榮、陳世欽、曾威捷、黃一峯、黃福盛、廖啟淳、賴銘勳、謝孟臻、鐘云均（以上依姓名順序排列）。感謝生命中最重要的貴人劉旺財與廖碧玉賢伉儷在精神與各方面的支持。感謝母親曾秋玉女士及內人學儀對我的包容，並在我外出探訪自然時幫忙照顧眾螳口。尤其是親愛的兒子于哲常常與我一起在工作室中觀察並討論螳螂的行為，或在野外探訪時幫我找螳螂，讓我得到更多靈感來完成本書，並且隨時保持探訪自然的動力，謝謝您們！

本書中大部份照片是我探訪野外時拍攝的原生態照，但是有的種類遠在世界各地，短期內我無法到各地點拍攝原產地的生態照，所以某些螳螂的照片為飼養時模擬其原生環境拍攝在此一併說明。朋友們如果有觀察、飼養、拍攝螳螂的相關問題，還是對於本書有任何指教，歡迎您與我聯絡，也可以在網路上搜尋「螳螂日記簿」，即可找到專屬網頁與相關討論。謝謝！

E-mail：shijak0526@gmail.com
Facebook：黃仕傑之甲蟲世界
YouTube：熱血阿傑黃仕傑 Gallant Man

黃仕傑之甲蟲世界

熱血阿傑頻道

# 參考書目

## 參考書籍

中國螳螂　朱笑愚、超袁勤合著　西苑出版社

香港螳螂　饒戈、葉朝霞、植兆麟合著　香港昆蟲學會

台灣昆蟲記　潘建宏、廖智安　大樹文化

昆蟲圖鑑一、二　張永仁　遠流

世界の珍虫 101 選　海野和男　誠文堂新光社

昆虫ハンターカマキリのすべて　岡田正哉　トンボ出版

PraxisRatgeber  Mantiden Faszinierende Lauerjäger  I.& R.Bischoff・C. Heßler ・M.Meyer  Edition Chimaira

## 論文資料

台灣螳螂目之分類　周幸瑜、陳錦生、詹美鈴　國立東華大學

台灣透翅螳屬螳螂的發現與記述　特有生物研究保育中心季刊 85 期春季號

## 網站

台灣物種名錄 http://taibnet.sinica.edu.tw/home.php

昆蟲論壇 http://insectforum.no-ip.org/gods/cgi-bin/leobbs.cgi

台灣螳螂研究院 http://tiwanmantis.freebbs.tw/index.php

台灣螳螂公會 https://www.facebook.com/groups/165773213492752/

國際生物多樣性機構 Species2000 http://www.catalogueoflife.org/

## 協力

中央研究院生物多樣性研究中心、行政院農業委員會特有生物研究保育中心、國立自然科學博物館、台北木生昆蟲館、台灣昆蟲館、魔晶園、菜蟲叔叔昆蟲生活坊、愛森螳昆蟲館、綠色工坊

**GO**
OUTDOOR
**19**

# 螳螂日記簿

| | |
|---|---|
| 作者 | 黃仕傑 |
| 責任編輯 | 洪文樺 |
| 總編輯 | 辜雅穗 |
| 總經理 | 黃淑貞 |
| 發行人 | 何飛鵬 |
| 法律顧問 | 台英國際商務法律事務所　羅明通律師 |
| 出版 | 紅樹林出版 |
| | 台北市南港區昆陽街 16 號 4 樓 |
| | 電話 02-25007008　傳真 02-25002648 |
| 發行 | 英屬蓋曼群島商家庭傳媒股份有限公司城邦分公司 |
| | 台北市南港區昆陽街 16 號 5 樓 |
| | 書虫客服服務專線 02-25007718，02-25007719 |
| | 24 小時傳真服務 02-25001990，02-25001991 |
| | 服務時間 週一至週五 09:30-12:00，13:30-17:00 |
| | 劃撥帳號 19863813　戶名 書虫股份有限公司 |
| | 讀者服務信箱 email　service@readingclub.com.tw |
| | 城邦讀書花園 www.cite.com.tw |
| 香港發行所 | 城邦（香港）出版集團有限公司 |
| | 地址　九龍九龍城土瓜灣道 86 號順聯工業大廈 6 樓 A 室 |
| | 電話 852-25086231　傳真 852-25789337 |
| | email　hkcite@biznetvigator.com |
| 馬新發行所 | 城邦（馬新）出版集團 Cité(M) Sdn.Bhd. |
| | 41, Jalan Radin Anum, Bandar Baru Sri Petaling, |
| | 57000 Kuala Lumpur, Malaysia. |
| | email　cite@cite.com.my |
| | 電話 603-90578822　傳真 603-90576622 |

| | |
|---|---|
| 封面設計 | mollychang.cagw. |
| 內頁設計 | 葉若蒂 |
| 印刷 | 卡樂彩色製版印刷有限公司 |
| 經銷商 | 聯合發行股份有限公司 |
| | 電話 02-29178022　傳真 02-29110053 |

2024 年（民 113）3 月初版　Printd in Taiwan
定價 680 元　ISBN 978-626-97418-9-2

**城邦**讀書花園　www.cite.com.tw

國家圖書館出版品預行編目 (CIP) 資料

螳螂日記簿 / 黃仕傑著 . -- 初版 . -- 臺北市 : 紅樹林出版 : 英屬蓋曼群島商
家庭傳媒股份有限公司城邦分公司發行 , 2024.03
256 面 ;14.8 x 21 公分 . -- (Outdoor ; 19)
ISBN 978-626-97418-9-2( 精裝 )
1.CST: 螳螂 2.CST: 動物圖鑑 3.CST: 生物生態學
387.748　　　　　　　　　　　　　　112022928